AF461642

FERNAND PIGNATEL

L'OFFERTOIRE

TRENTE SCÈNES DU CALVAIRE DU POILU

ILLUSTRÉES PAR

PIERRE GERBAUD

ETIENNE CHIRON, EDITEUR, 40, Rue de Seine, PARIS

L'Offertoire

CET OUVRAGE
IMPRIMÉ SUR VELIN PUR FIL LAFUMA
A ÉTÉ TIRÉ A
DEUX CENT QUATRE-VINGT-DIX
EXEMPLAIRES
NUMÉROTÉS A LA PRESSE

EXEMPLAIRE N° 181

FERNAND PIGNATEL

L'Offertoire

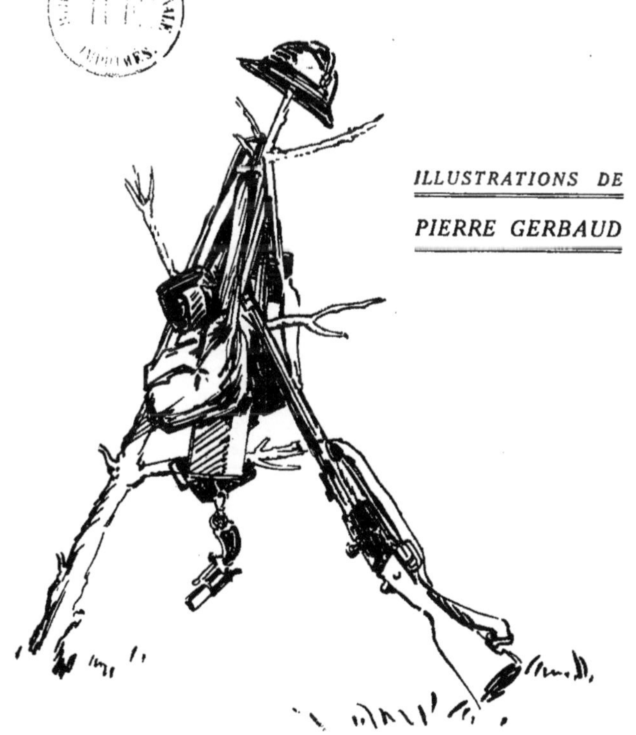

ILLUSTRATIONS DE

PIERRE GERBAUD

PARIS
ÉTIENNE CHIRON, Éditeur
40, Rue de Seine, 40
1921

JE dédie cette œuvre à mes frères qui souffrirent dans leur corps et dans leur âme, à ceux qui vécurent dans la boue, sous la pluie, sous le feu, à vous blessés sanglants des matins de bataille, à vous morts livides ou noircis auxquels je me suis heurté dans les nuits de cauchemar, à cet être unique qui se dresse au seuil de ce siècle, Poilu, à toute cette jeunesse généreuse, fraternelle, et puisqu'il la symbolisa dans sa bonté, dans ses espoirs, je la dédie au poète M. J. SENOT, tué devant Saint-Quentin.

Ce livre est le livre de Poilu, de Poilu innombrable, douloureux et meurtri. On devrait le peindre assez grand, pour que la foule pâmée dans la victoire, la foule houleuse, clapotante, immense, la foule bestiale et superbe s'agenouillât devant lui, l'Anonyme et le Victorieux. Poilu éclipse tous les noms, car il est lui-même la gloire, la belle gloire en haillons, en godillots, la gloire boueuse, la gloire résignée, la gloire sanglante.

Mais Poilu c'est l'Homme. Et les gouvernements qui dressèrent sur l'Europe l'échafaud des peuples n'ont jamais connu Poilu. L'homme est de l'un et de l'autre côté de la barricade. Il est la grande Pitié et la grande Souffrance dans les deux camps. Une écharpe de fils de fer rouillés sépare deux races qui s'affrontent, mais la mort est internationale comme la douleur. Les cris des blessés sont une même langue, la boue est la même boue, le parfum des cadavres est le même pour tous. Donc au-dessus de Poilu se dresse l'Homme, parce qu'il y a des cris universels, parce que la fraternité des peuples se révèle à ce que les larmes n'ont pas de patrie. Ce livre sera aussi le livre de l'Homme.

Ce drame contient deux formidables acteurs, Poilu, la Mort. Poilu c'est l'homme, nous l'avons dit, la mort c'est la fatalité. Celui-ci lutte contre celle-là. Poilu c'est le Christ, comme cette guerre est la Passion de l'Humanité. Verdun est le pendant du Golgotha. Ce n'est plus le Dieu fait homme qui s'offre à la douleur, c'est l'homme-dieu qui s'abandonne à la souffrance. Un cycle de l'Humanité finit, un autre commence. Au seuil des temps sans nombre, Poilu regarde, ahuri, l'horizon qui s'ouvre. Il fallait la misère infinie, la mort infatigable pour scinder dans le sang la fraternité des peuples ; les peuples étant ceux qui souffrent. L'Europe est l'autel du nouveau sacrifice.

L'homme est une puissance de l'Univers, en développement. Lien de tous les êtres, nœud qui unit l'esprit à la matière, il couronne les trois règnes, animal, végétal, minéral, qui lui sont soumis et dans lesquels se manifeste la Fatalité. Plongé dans le tourbillon des forces fatales, il a en lui la puissance de lutter et de dominer la nécessité. Il porte des idées comme un arbre porte des fruits. Songeons à cela et tout le mystère de cette guerre se révèle à nous. L'homme va vers un but assigné, le Destin entrave sa route, la volonté accepte ou réagit. Le pivot de demain est là. L'avenir dépend de l'exercice du vouloir. Ce grand sacrifice est aussi une grande leçon morale. Le mal crée le mal. Maître incontestable dans la Nature, l'homme est vaincu par elle. Il vole le feu sacré et le feu sacré le dévore. Il se déifie dans la Science et la Science le transforme en fauve. Dans l'inconnu mystérieux du monde des forces, l'homme se fait son destin. Et ce jouisseur triomphant, l'Europe le livre à la résignation de la tranchée, à la fange, aux poux, à l'esclavage, à l'obus, à la mort. Dans le présent il y a tout le passé. Allons plus loin : Quiconque, individu, nation ou race ne met pas sa raison en harmonie avec les lois universelles transgresse ces lois et se livre à l'inévitable rectification. Ici, l'action, ce sont des siècles et des siècles de férocité militaire et d'hypocrisie diplomatique, c'est l'amoralité en principe, c'est l'Europe transformée en champ clos pour un éternel duel.

La réaction s'appelle le meurtre obligatoire, la catastrophe, l'incendie, la famine. Et les peuples payent, endossant l'implacable responsabilité de leurs maîtres.

Ce livre s'appellera « L'Offertoire » parce que l'homme s'est offert généreusement. Que ce geste ait été le geste du martyr à l'idée de la patrie menacée, ou l'abandon de l'individu à la grandiose puissance des événements, que l'homme se soit donné par indifférence, par lâcheté, par peur du poteau d'exécution ou plus simplement pour suivre le troupeau montant à l'abattoir, il y a un fait qui domine l'histoire de ces années terrifiantes, c'est le sacrifice des peuples, c'est l'offre de la chair vivante au déchirement de la Science en délire, dans le temple ensanglanté. Ce temple est le temple social où l'homme est dieu. Depuis le temps où le premier temple social était la grande forêt mystérieuse et murmurante, l'homme a marché, ballotté de l'instinct à l'intelligence, roulé de la dure loi fatale à l'exercice libre de la volonté. Et l'inexorable chemin se poursuit, la race rouge laissant tomber le flambeau dans les mains de la race jaune, la race jaune le donnant à la race noire et celle-ci le tendant enfin à la race blanche. Du druide Ram à Moïse et de Moïse à Jésus, ce n'est qu'une immense et splendide cascade d'idées, un tumultueux torrent de pensées, par quoi les foules accomplissent le rôle de l'homme qui est de spiritualiser la matière.

Le dernier stade de la course aux flambeaux, le voici. Jésus naît, l'empire romain s'effondre, le vieux monde meurt. Ce dieu annonce qu'il détruira le temple antique et qu'il en rebâtira un nouveau en trois jours. Il dit vrai. Au premier jour, l'ère religieuse qui se termine à la guerre de trente ans donne à l'Europe son cerveau, au deuxième jour l'ère politique qui finit au traité de Vienne donne à l'Europe sa poitrine, au troisième jour l'ère économique donne à l'Europe son ventre. Saluons l'âge du ventre — il passe. Mais le monstre social est constitué. Car remarquons ceci, c'est que les trois grandes classes humaines ont eu leur temps de pouvoir et d'autorité. Dans la première époque, le clergé ; dans la deuxième, la noblesse ; dans la troisième, la bourgeoisie. Aujourd'hui le Peuple apparaît. L'heure de la synthèse sonne.

On ne trouvera dans ce livre que des notes en des tableaux rapides. Le style en est heurté, le peintre ayant dû rendre ses impressions à grands coups de pinceaux. Il n'y faut point chercher la perfection et l'auteur s'excuse humblement de n'offrir que des esquisses là où il faudrait un tableau prodigieux. Ces notes ont été écrites au fond des tranchées (tu le sais mieux que personne, Pierre Gerbaud, qui dessinais dans la boue à mes côtés). C'est le carnet, le simple carnet d'un poilu modeste, qui a souffert avec ses frères de souffrance, qui a maudit, qui ne s'est jamais résigné à la mort de son rêve en une meilleure humanité. L'œuvre imparfaite, pensée dans la fange de Verdun ou sous la mitraille du Chemin des Dames, il n'a osé y toucher tant elle lui paraît sacrée.

L'auteur n'espère qu'une chose, c'est que parmi ces chemineaux du mystère que sont les hommes, il s'en trouve quelques-uns pour songer que ces miettes du passé sont une leçon pour l'avenir.

L'Offertoire

Les brancardiers ont franchi le parapet, quatre solides gaillards qui s'éloignent dans la nuit. Parfois à la lueur tremblante d'une fusée, on aperçoit le brancard porté par l'un d'eux sur l'épaule, comme le mat d'une barque qui tangue, dans la nuit. Ils vont, ils viennent sur la plaine, d'où monte le mystère du silence. On dirait les chiffonniers de la Mort ! Puis ils s'arrêtent, ils se baissent ! Ils ont trouvé ce qu'ils cherchaient; on devine un corps étendu dans l'herbe brûlée, un corps sur lequel se penchent ces hommes ; on imagine la bête humaine pantelante, couchée sur la terre, le poing serré par la douleur. Et soudain, dans une pose hiératique, on voit les quatre porteurs élever le brancard vers le ciel, où courent de gros nuages. On dirait qu'ils offrent cette douleur à ce ciel morne et silencieux, avec le geste du prêtre dressant l'hostie ou le calice. Puis, à pas lents, ils s'en vont dans l'ombre, et parfois, dans une échancrure de l'horizon béant, il semble que le brancard s'immobilise et se détache dans la lueur profonde et obscure, comme un autel porté par des cariatides, l'autel où la souffrance humaine s'offre en holocauste à l'infini muet.

Le Chevalier de la Boue

Adamah (La Genèse).

Quel ciseau démoniaque tailla sur la paroi de la tranchée cette statue de boue? Qui sculpta cette attitude lasse dans l'argile? Quel dieu pétrit dans le limon cet homme qui semble sortir des profondeurs? La bonne terre maternelle a porté dans ses entrailles ce fœtus d'un monde nouveau. Elle le serre encore sur son sein et le couvre de son manteau d'humus gras. Sous ce casque, deux yeux regardent l'avenir. Cet homme semble d'un geste ouvrir la porte de demain ! Il est au seuil de la voûte basse des siècles qui germent dans la nuit des temps. L'Histoire dans son fourmillement de types a façonné le chevalier de la Boue ! Il est grave sous sa carapace. Il est immobile parce que la terre sa mère l'étreint et le recouvre frileusement. Il est grand parce que ce bloc est un vase précieux qui contient une pensée.

La grande Loi de balancement du Progrès a ici sa consécration : involution de l'esprit à la matière, évolution de la matière à l'esprit. Cet homme est le point où finit le mouvement de descente, où commence le mouvement d'ascension. Il est l'aboutissement de longs siècles qui agonisent dans la glaise matérielle, il est le premier chaînon des êtres qui montent jusqu'aux dieux. Car cette statue de terre a une âme, ce chevalier de la Boue a un cœur !

Les Damnés

O Dante Alighieri, as-tu rêvé pour ton Enfer ce huitième cercle de la désespérance? As-tu imaginé, cramponné au-dessus de l'abîme de toutes les tortures, la relève qui passe lentement, montant vers les tranchées, où l'homme affronte la mort pour la dominer, cercle des misères cinglantes où la chair prend l'impassibilité du marbre?

La théorie de pèlerins mystérieux marche à la musique fantastique du canon. Tantôt c'est un miaulement sinistre, une plainte aigue, un sanglot douloureux qui déchire l'air, une note languissante qui va s'apaisant, tantôt c'est un ronflement comme si les obus froissaient le manteau métallique du ciel. Dans les ravins les éclatements roulent indéfiniment, comme le bruit que feraient des géants jouant aux quilles. Ou encore c'est le mystère plus auguste du silence, l'écrasante sérénité de la plaine où rien ne bouge, des vallons remplis d'une nuit sale, des collines hérissées de l'immobile crinière des bois.

Les hommes marchent, semblant broyés dans la gueule de l'horizon rouge. Ils font la nocturne montée à l'enfer terrestre. Le défilé silencieux se dessine un moment aux pentes du ravin, puis s'engloutit peu à peu dans le boyau qui s'ouvre, porte solennelle de la ville souterraine où toute une humanité expie. Ces noctambules entrent ainsi dans la cité de la boue, sous un ciel gris comme une coupole de pierres.

Ils vont par les boyaux éboulés, l'un derrière l'autre, courbés sous le poids du sac, dans la fange jusqu'aux genoux. Ils s'arrêtent, ils repartent, ils trébuchent dans un trou, ils glissent, ballottés d'une paroi à l'autre, s'accrochant aux fils de fer barbelés qui traînent. Des jurons sourds s'échappent, des questions heurtées s'échangent de l'un à l'autre : — Ça suit ? — Ça ne suit pas ? « Ça », c'est un tronçon de la troupe qui patauge encore, ça c'est, tous ceux que la fatigue terrasse et qui luttent contre la boue qui les étreint, ça, c'est toute l'humanité de ces nuits infernales.

Enfin, c'est la tranchée de première ligne, le petit poste avec les barrages de sacs à terre, sa banquette de tir gluante, la gueule béante de ses sapes fermées par de vieilles couvertures boueuses qu'une main écarte aux bruits des pas de la relève, montrant dans le fond le clignotement d'une bougie. Les consignes sont transmises à voix basse. On interroge, anxieux : — Ça barde? — Les sentinelles prennent position, tandis que ceux qu'on relève, sac au dos, s'éloignent, ombres titubantes dans le boyau.

On entend encore des voix étouffées, un bruit de gros souliers sur les caillebotis, puis les yeux sondant la nuit qui cache l'ennemi, on veille, on regarde, on attend. Et la guerre, qui brasse les multitudes dans la nécessité de la haine, continue.

Hamlet

To be or not to be.
(Shakespeare.)

Ma pioche a heurté un crâne. Je l'ai sorti de la boue gluante et j'ai regardé longtemps ces yeux creux emplis de nuit, cette bouche grimaçante, qui semblait rire d'un rire de l'au delà... Crâne français ou crâne allemand? Que sais-je ! Au pays de la mort il n'y a plus de race. Ces trépassés portent le même uniforme d'os et de fange.

Et je songeais. L'horizon sonore comme un orgue immense semblait gémir et pleurer les espoirs perdus, les amours abattus. Le ciel s'affublait des oripeaux de ses nuages. On sentait la sourde germination de la terre en travail et la nature s'offrait par delà le parapet et les réseaux de fil de fer, triste et parée pour une fête étrange.

Quels éclairs de haine illuminèrent ce petit dôme qui contint un univers? Quelles pensées abrita cette capuce d'os? Quelles furent les dernières figures qui passèrent dans cette fantasmagorie d'images à jamais éteintes? Quels rêves s'allumèrent dans le monde de cet esprit ? As-tu donné l'essor, matrice des concepts, au vol bien vivant des pensées généreuses de ces pensées éternelles et fécondes comme les graines qui tombent et qui germent ? Précieuse cornue en laquelle le matériel se spiritualise, as-tu transposé du plan physique au plan intellectuel ? Ou es-tu resté la brute, l'animal? Qu'étais-tu? Un homme jeune, fort, vaillant, amoureux, un homme ayant accompli son cycle de misère et qui a monté l'échelle des vies successives, vie végétative du ventre, quand dans le sein maternel tu vivais par le cordon ombilical te rattachant indissolublement à la femme, vie animale de la poitrine quand ton premier cri fut ton premier soupir, vie de la tête quand...

Et je m'arrêtais songeur, n'osant soulever plus loin le voile qui cache le mystère de la mort. Et pourtant ce torrent d'idées qui tourbillonnait dans ce crâne, cette source inépuisable d'images, ce flux incessant de sentiments, que sont devenues toutes ces choses?

Crâne trop lourd pour t'élever, crâne de terre, tu retournes à la terre! Est-ce là ta troisième vie, crâne d'inconnu, qui ne sera plus dans les siècles futurs qu'un peu de grandeur anonyme? Ma pioche imbécile est venue interrompre ton repos et tu ris de moi, parce que déjà tu vois tout le ridicule de cette existence qui est une lutte. Et je comprends pourquoi la terre te recouvre jalousement, comme si tu étais bien à elle, la terre révoltée dont les entrailles sont pleines de ces milliers de rêves que la haine a tués. Tu es matière. Tu n'es plus l'écrin de l'intelligence, ni le tombeau des souvenirs. La mémoire s'est tue en toi, elle dont l'esprit jouait comme un musicien sur un clavier et nulle mauvaise idée ne hantera plus ta coque, car la mort noie le mal dans la nécessité d'évolution !

Crâne, l'ascension de l'homme s'arrêterait-elle là, ou au contraire, continue-t-elle sa route jamais finie? La vie de la tête existe-t-elle, plus libre, plus riche, plus vraie? Tout ce qui fut amour, pensée, beauté, tout ce qui fut enthousiasme, lumière, se solutionne-t'il dans cette boue? Et quand tout au monde vient s'abîmer en un cauchemar, ton idéal finit-il dans ce coin de terre remué par les obus?

Crâne, tu t'es cru libre parce que tu pensais ce que tu voulais, parce que tu t'éclairais aux flammes qui te plaisaient ! Libre? D'agir peut-être dans un monde qui est le tien. Mais l'inexorable loi de la nature et de la mort te domine ! Deux portes s'ouvrent et se ferment dans le couloir de la vie ! Après le monde de la Fatalité qui est le monde de la Matière, après le monde de la volonté qui est le monde de l'homme, est-ce continuer de gravir la chaîne que de laisser là ta carcasse matérielle? Dis-moi, crâne goguenard, quel plan supérieur attira ce qui fut en toi la lumière? Ou bien est-il vrai que l'évolution ait un point final, que le torrent de vie ait une barrière ?

Crâne qui t'es cru libre, si au contraire, il y a un lendemain? S'il y a un lendemain, pourquoi piller, voler, assassiner, incendier, pourquoi te dresser contre les lois universelles qui sont harmonie et te livrer au tourbillon de haine, de violence, à la folie des instincts déchaînés ? Pouvais-tu contribuer à retarder, ne fut-ce que d'un jour la lente ascension vers le Bien, le Beau, le Vrai? Etais-tu libre de faire le Mal? Et s'il est vrai que ce rictus soit l'ultime grimace humaine, alors, dis-moi à quoi t'ont servi tes ambitions, tes joies, tes douleurs? Pourquoi, lorsque tu étais encore un homme, as-tu espéré, as-tu aimé, as-tu agi? Pourquoi tes efforts, tes gestes, tes luttes, pourquoi disputer à ton frère le rayon de soleil auquel il se chauffe, comme si dans la grande indifférence de la nature tout n'était pas à tous? Pour remplir cet éclair qu'est la vie? Pour satisfaire les passions qui t'entraînent en un monde où l'instinct seul est maître?

Pour finir un soir, le ventre ouvert, titubant, les entrailles dans la main, ou pour tomber sans un cri d'une balle au cœur? Dans quel but accomplir tant d'actions inutiles si la solution est là, un crâne dans la boue? Ne ris plus, crâne niais, dis-moi le mystère de la mort qui éclairera peut-être en moi le mystère de la vie ?

J'ai posé le crâne sur le parapet et j'ai continué à piocher.

Le Vomitoire

Dans la nuit, les troupes descendent des positions. En file indienne, par les boyaux qui coulent la boue, les hommes chargés du sac, pataugent, glissent, s'écroulent, se relèvent. Des soupirs rauques, des jurons étouffés, des paroles échangées à voix basse, c'est tout ce qui rappelle que ces ombres sont des hommes. Leurs fantastiques silhouettes semblent échapper à quelque tableau infernal. Ils ont des poses de statues, ils ont de la boue la lourde matérialité.

Ils fuient rapidement avec la peur du barrage possible qui les menace dans ce grand silence du champ de bataille. Ils hâtent le pas, prouvant ainsi que les plus forts ont droit à la vie. L'égoïsme les pousse. Tant pis pour qui ne suit pas. Celui qui tombe n'a droit à aucune pitié, c'est la relève. Il y a une heure, ces hommes étaient affaissés, tremblants de froid sous la chape ou la toile de tente, battant la semelle dans la boue avec des gestes harassés. Mais maintenant, ils vont nerveusement et dans les âmes réconfortées monte la sève tumultueuse des espoirs. Et la troupe suit le boyau qui est le vomitoire de ce gigantesque Colysée, jusqu'à ce que la terre rende soudain ces êtres qui bondissent hors de la veine de boue. C'est la marche sur le bled ravagé, parmi les débris de toutes sortes, le décrochez-moi-çà de cette misérable chiffonnière qu'est la guerre.

Sur l'écran de marbre gris du ciel, la guirlande des soldats se détache. On dirait une farandole de nains s'avançant d'une danse rapide, affolante, rythmée. Ces silhouettes noires qui se découpent, semblent être des fantoches dont un géant caché agiterait les ficelles.

La boue a mis sa carapace lourde sur leurs vêtements. La matière a rejeté cette vie. Hors du cercle de l'enfer, ces hommes admettent qu'il y a quelque part des arbres qui ont des feuilles, des maisons qui ont des toits, des femmes aussi. Et leur imagination trame le rêve d'un repos, où entre les inévitables exercices militaires tendant à apprendre à faire la guerre à des hommes qui en connaissent toute la profonde absurdité de machine, ils connaîtront le bonheur du litre de vin bu à petites gorgées dans une véritable auberge. Ils peuplent l'abominable village qui va être leur cantonnement de formes féminines. Ils en font une cité de poupées.

Ils allongent le pas, pour fuir l'horreur, et la fatigue disparaît avec l'espoir de la litière qui les attend dans une grange, du sommeil dont ils pourront jouir. Les derniers boyaux sont dépassés. Au loin la lueur des canons troue l'ombre de la nuit. La terre pétille. La ceinture d'artillerie est franchie. On respire. La file d'hommes continue sa course folle. Elle traverse, maintenant les pays des cagnas bizarres où toute une humanité vit et dort sous un toit de terre, sous une tôle ondulée, sous quatre planches sur lesquelles le vent fait claquer une toile de tente. Des chevaux attachés à des piquets piétinant dans la boue, regardent passer ces hommes qui se hâtent. C'est ici les coulisses de la grande scène, le magasin des accessoires.

Enfin la route tend son ruban blanc. Elle traverse un village en ruines. Puis les premières maisons à toits rouges se montrent, parsemées dans la campagne. La terre est labourée. La vie est là. Le matin se lève maintenant, le jour vient, poudrerizant de brume pâle les coteaux boisés. Une première maisonnette a entr'ouvert l'œil de sa fenêtre. Au loin, un clocher dessine son ombre falote sur un amoncellement de toits. Deux bœufs passent d'un pas lourd, traînant une voiture. On atteint le village. L'épicier, ouvrant sa boutique, regarde, les mains aux hanches, ces hommes de boue qui, harassés, traînent la jambe, figures pâles, barbes hirsutes, yeux brillants de fièvre.

Et la vie reprend victorieusement, vomie par l'enfer où rôde la Mort.

Le Séchoir

Une nuit dans le grand silence qui régnait, on entendit le bruit sec d'une cisaille coupant les fils de fer barbelés. Les fusées s'élevèrent éclairant le plateau houleux et les piquets de bois semblèrent danser un moment une sarabande effrénée. Le silence se fit à nouveau. Soudain le même bruit reprit. Des coups de feu crépitèrent au petit poste, martelés de quelques éclatements de grenades. Un grand cri s'éleva, un hurlement de douleur qui déchira la nuit lugubrement, et à la lueur des fusées on vit une forme vague, indistincte, qui se débattait dans le réseau. Un fusil mitrailleur cracha les vingt balles de son chargeur, la mitrailleuse caqueta, et il sembla certain qu'un ennemi, tentant un coup de main sur le petit poste, avait été tué et restait accroché à nos fils de fer.

Il restera là, des jours et des jours, se desséchant lentement, déchiqueté par les éclats d'obus, puis squelette léger balancé par le vent, en son uniforme terreux, lavé, passé. La pluie fouettera cette carcasse qui ne sera jamais ensevelie, afin que parmi tous les siècles, le notre montre son dédain pour la charogne humaine en un temps où jamais l'homme ne fut plus haut placé dans l'échelle des êtres. Et cette ombre accroupie sous le ciel bas, frissonnera longtemps au vent qui jouera de sa silhouette bouffonne.

Je regardais ce mort qui semblait me faire la révérence. Que venait-il chercher ici quand une balle l'a suspendu aux fils de fer? Ce n'était certainement pas pour une visite de politesse, malgré cette attitude pleine de courtoisie qu'il a gardée. Qu'est-ce qui le poussait à cheminer péniblement jusqu'à nous, larves humaines dans la grande tragédie? Que voulait cette marionnette que le bâton de Guignol a assommée là, note noire sur une longue portée de musique.

L'homme que j'ai devant moi, n'a plus le geste superbe du calvaire, il n'a plus cette envolée de deux bras qui disent l'espoir, ni cette pose d'ascension. C'est une morne silhouette, flasque, affaissée, la tête pendant entre les deux bras, qui lui donne, de loin, l'aspect d'un parsi indien saluant la divinité du Temple. Car c'est bien l'ultime salut de l'être humain, que la mort cramponne au collet et qu'elle courbe en une attitude piteuse et suppliante. Et on ne reconnait plus dans cette forme indécise la race orgueilleuse qui prétendait soumettre la Nature. Car les Temps ont passé, les civilisations se sont fanées, les empires sont tombés, les éléments ont été domptés, mais l'homme n'a encore rien pu contre la Mort, la Mort généreuse qui délivre de la Douleur. Les âges ont passé emplis d'un long sanglot que le grand sommeil seul apaise. Et dans ce soldat ennemi, immolé, suspendu aux fils de fer qui grincent, je trouve tout ce que la Mort a de grandiose quand elle brise l'orgueil humain révolté contre les lois harmonieuses de l'Univers.

La mort restera l'énigme de ce siècle qu'elle épouvanta, parce qu'elle a effacé tous les espoirs dans les cœurs et qu'elle a livré les âmes à toutes les détresses afin que l'écroulement du vieux monde s'accomplisse. Ces vérités vieilles et vraies fument des entrailles de la terre, comme elles se dégageaient du spectacle de ce pantin que le vent agitait et qui me rappelait avec son masque livide les clowns, joie de mon enfance. Et je m'imaginais qu'un peu d'humanité saignante venait me confier des péchés lugubres de bêtise, avec des yeux vitreux de tristesse et une face tordue par la grimace du rire.

Au petit jour, un jeune homme, blond, avec une figure de fille, montrant l'imbécile accroché aux fils de fer me dit simplement : « Il sèche » !

Sur le Seuil

Depuis des heures et des heures la ligne ennemie est battue par l'artillerie, pour préparer l'assaut. Tout l'horizon fume comme si une armée de sorcières faisait bouillir ses chaudrons infernaux. Les fonds lointains vomissent du feu dans un bruit formidable. La terre tremble. Celui qui jette un coup d'œil sur le spectacle n'aperçoit qu'une vaste solitude dans les nuages de fumée que le vent roule. Tout frémit dans ce cataclysme simple et tragique comme un caprice de la nature. Le ciel et la terre ne sont plus que la carcasse d'une machine où la mort s'usine scientifiquement, machine exacte, qui grince, tonne, hurle, gémit, en attendant que la mâchoire d'obus, de l'horizon rouge, broie la chair humaine qui va s'offrir à elle.

C'est l'instant où, un à un, les hommes sortent des abris, comme à regret, et en longues files, courbés, rapides, montent à la parallèle de départ. Une antichambre de l'Inconnu, cette parallèle de départ ! Battue, écornée, rongée, écrasée sous une pluie de fer, c'est le refuge momentané avant l'élan, parmi des débris de toutes sortes, des sacs à terre éventrés, des rondins mâchés par les éclats, des fils de fer que l'ouragan jeta là dans sa rage.

Il faut attendre. On sait l'heure de l'assaut. Quelqu'un consulte sa montre nerveusement. Encore un quart d'heure ! C'est long ! L'esprit travaille, à peine ému par le déchirement des explosions toutes proches, par le souffle continu d'obus qui frôlent le parapet de la tranchée. On se dit : « Pourvu que la préparation d'artillerie soit suffisante ! Pourvu que nous ne trouvions pas d'obstacles ! » L'homme cherche un coin, se rapproche de la terre et, instinctivement, comme une bête qui a peur, baisse la tête, se pelotonne. Dominé par la formidable strophe de rage, il se sent petit, tout petit, balbutiant. Des mots montent aux lèvres, des noms de femmes, ou un « Maman » dans lequel on sent toute la désespérance humaine. L'être, qui n'est plus qu'un pantin mû par des forces supérieures, devient bon, généreux, bien que par instants il ait un sens égoïste de préservation qui le jettera vers la meilleure place pour s'abriter.

Encore dix minutes. Le temps ne passe pas vite. On voudrait en finir. On redoute cependant la seconde terrible où il faudra se hisser sur le plateau, défier de front la Mort, se lever comme pour proclamer l'innombrable, l'ineffable, l'universelle vie, triomphant dans ce laboratoire de chimie mortelle.

« Encore cinq minutes ! » dit quelqu'un. La pensée se porte non sur l'avenir, mais sur le passé. Avec une rapidité fantastique l'esprit voit défiler sa jeunesse, des figures aimées: une image surgit, d'une heure de bonheur. L'homme ne regrette plus rien. Il sent toute la fatalité qui s'appesantit sur lui. Il ne s'attendrit même pas. D'ailleurs, ce n'est plus lui, c'est un autre lui-même qu'il voit, qu'il entend parler, qu'il sent penser, à l'horrible angoisse duquel il assiste en spectateur impassible. Un camarade tombe à côté. Une énorme motte de terre l'a assommé. Les yeux se ferment, une dernière convulsion du corps, c'est fini. On le pousse contre la paroi de la tranchée, afin qu'il ne soit pas piétiné. L'un interroge : « Mort ? — Mort ! » répond simplement un autre. Et l'impassible machine humaine ne plaint pas. On ne regrettera l'ami disparu qu'après, loin de cet enfer, quand cet étrange dédoublement de la personnalité aura cessé.

Encore quatre minutes ! Un ami se penche, prophétique parfois, avec cette surexcitation de l'âme qui saisit une parcelle d'avenir. « Dis donc, vieux, si j'y reste, tu iras voir la femme... » et il ajoute, tourmenté d'une idée : « Mais ne lui dis pas ça brutalement... Fais venir de loin... ! » Et on rit : « Allons donc ! On dirait que c'est la première fois que tu montes sur le billard ! »

Encore deux minutes! La trombe de fer s'abat plus rapide sur l'horizon ennemi où va se précipiter ce tourbillon d'humanité ! Des agents de liaison passent courbés. Un poilu empoigne son bidon et boit une ou deux gorgées de gnole, fait claquer la langue, satisfait, réchauffé, réconforté. On parle bas comme si des paroles dites à haute voix pouvaient troubler la solennité de ce sacrifice de l'être sur l'autel de la terre frémissante.

Encore une minute ! On se lève. Les mains se crispent aux armes. On remonte le sac d'un coup de rein. Le mécanisme roulant du feu de barrage annonce que l'heure suprême est arrivée. On se regarde. Des mains se serrent. Il y a une révolte sourde vite anéantie par l'idée que rien ne peut arrêter l'inévitable.

C'est l'instant ! Un geste ! Des mains se cramponnent à la terre. Le corps semble lourd, comme s'il ne voulait pas quitter le refuge de la tranchée. L'esprit commande. Il y a une hésitation, un étourdissement. Une seconde de folie traverse le cerveau. « Non ! Non ! C'est trop ! » Mais l'âme domine, la raison revient ! Il le faut ! La tête, le buste, puis le corps entier dépassent le parapet, un saut agile... Eh bien, oui, la Mort ! Il vaut mieux, après tout ! Et calme, rasséréné, sans peur — et ne s'attachant aucun mérite de son courage, l'homme part, dans la fumée, suivant la muraille de fer et de feu qui avance, qui avance...

Et quand le temps aura rongé toutes les gloires, dans des siècles et des siècles, des yeux humains admireront encore cet être d'argile, cette larve de rêve, qui froidement, saute le parapet pour s'engager sur le sentier de l'Inconnu, du mystère !...

La Chasse

La patrouille sort par la chicane. La distance noie peu à peu les silhouettes trébuchantes et le guetteur attentif du petit poste n'entend plus qu'un léger craquement qui s'éloigne, ou le frémissement d'un fil de fer. Le silence retombe plus profond, plus solennel.

La patrouille est sortie. Les hommes interrogent la plaine du regard, puis ils se glissent avec précaution dans la nuit mystérieuse qui les recouvre. Ils avancent avec des gestes félins et primitifs. Tout l'instinct des luttes ancestrales reparaît en eux. Le vieil homme des âges ensevelis se réveille, lui qu'on avait cru modelé par des siècles et des siècles de pensée. Cet homme qui se croyait la stature d'un dieu, ce maître incontestable qui domptait la nature, avait gardé son âme qui se révèle dans toute sa vérité, comme la gueuse qu'on découvre soudain dans la femme aimée. Les vieilles cruautés qui somnolaient bouillonnent tout à coup au fond de ces êtres. Ils rampent, s'arrêtent, prennent le vent. Un sillon les dissimule. Leurs ombres se fondent dans l'ombre. En eux, il y a du tigre. Ils guettent leur proie, à quatre pattes, écartant avec soin les obstacles qui les gênent, le ventre contre le ventre déchiré de la terre. Ils la foulent avec joie cette terre qui n'appartient plus à personne, crevassée, grêlée de trous d'obus, couverte d'une toison d'herbe qui n'ose plus verdir. Le silence formidable s'appesantit. Il y a quelque chose d'énorme devant eux, l'effrayant mystère de la force qui ne se décèle pas.

Puis, ils s'arrêtent. C'est l'embuscade, c'est le piège, l'affût dans la plaine écrasée sous un ciel de plomb. Ces hommes font la chasse à l'homme. Et l'on se prend à songer à toute la haine qui roule sa vague sur ces champs de misère, à la haine qui les anime et qui porte en elle inconsciemment, le grand amour qui sera demain l'idéal des races.

Parfois, des ombres se profilent, un froissement d'herbe, un cri d'oiseau grossièrement imité, un chuchotement que le vent apporte indistinct, annoncent la patrouille ennemie. Alors, soudain, les muscles se détendent, les corps s'élancent. C'est le saut d'un carnassier sur la proie, une lutte sourde, coupée de soupirs rauques et souvent quelques grenades échangées. Alors, le secteur se réveille. Les mitrailleuses crachent rageusement, les fusées montent salissant de leurs lueurs dansantes la paisible majesté des étoiles, le canon tousse, mêlant sa voix au pétillement des petits postes alertés.

Et la patrouille rentre ramenant un prisonnier, hébété de sa mésaventure, et plus souvent ne rapportant d'autres souvenirs historiques de sa mission, que le « Rien à signaler » qui termine le compte rendu du chef de section.

Des Noms sur la Carte

Suivez ce réseau inextricable de tranchées, cette voie où il n'y a plus ni un arbre, ni une maison, ce fleuve de boue où toute une humanité s'accroche et épelons les noms qui sont sur la carte.

Des noms de villages, de côtes, de bois, des noms d'il y a dix siècles ou d'il y a vingt ans, mais des noms qui portent en eux un signe redoutable, se lisent et nous laissent rêveurs. Car il y a entre le nom et la chose une sorte d'alliance mystérieuse, il y a une prédestination. On admet qu'avant d'être nommé, ce village, cette côte, ce bois aient pu être semblables à d'autres. Mais le nom est là avec sa signification occulte, avec sa musique qui sort du clavier de ses lettres et on retrouve la main de la fatalité dans des mots que le hasard semble avoir jeté sur la carte. Et ces noms semblent dire les événements qui reposent dans le silence de l'avenir.

Suivez du doigt ce collier sanglant que la France porte à jamais et lisez ces mots qui rappellent la mort : Montmort, Morthomme.

Plus loin, ce hurlement sinistre de Tahure et ce redoutable mariage de Perthes et de Hurlus ! Des visions de cimetière blanc à la Croix des Carmes, un point final à la Chapelle Sainte-Fine, un feu d'enfer au Bois Brûlé, au Bois Fumin, un sacrifice comme la messe de l'Humanité au Bois le Prêtre, un choc à Heurtebise, un vent de hasard aux Eparges, la dévastation à la côte du Talou, le frisson à Froide-Terre, un symbole à la Main de Massiges, une pluie diabolique d'obus à la côte du Poivre.

Voyez ici cette humanité lasse de haïr à la Harazée et toute cette image du taureau. qui, tête baissée, attend son ennemi dans la Tête-à-Vache. Le col de la Chipotte rappelle vaguement quelque chose d'affreux, d'inattendu, de rapidement féroce. Le Linge, c'est la pâleur livide d'une montagne ou d'un suaire, et n'est-ce pas un cauchemar où évoluent des formes mystérieuses ce Chemin-des-Dames. La Malmaison s'explique, Cerny se comprend. Rappelons ces noms anciens ou récents, le Cornillet, le Téton, le Casque, et le plus terrible peut-être par son anonymat le Mont-sans-Nom. Douaumont est un glas, le bois des Caures semble une note triste jetée dans le lointain. Montfaucon annonce une chasse, Malancourt dit le mal. La Gruerie semble le nom d'un bouge où on assassine. Bolante, Courtechausse, la Haute-Chevauchée sentent le moyen âge, Saint-Hubert le hallali, Bagatelle est régence, Fontaine-Madame et Marie-Thérèse rappellent le Trianon. Xon est un coup de gong et ce sinistre compère le Vieil-Armand donne l'idée d'un rôdeur. Tel nom ricane, tel autre sanglote, Paschendaele, par exemple. Ces noms belges de l'Yser pleurent, gémissent comme le vent qui fouette la terre de la pluie fine des Flandres : Dixmude, Houthulst, Steenstraete. On songe à ce vieux nocher de Caron à la Maison du Passeur, on voit la mort armée au moulin de Laffaux. Le Col du Bonhomme a un sinistre sourire et Souain le rire d'un obus qui passe. L'horreur poussée au paroxysme, vous la trouverez à Combles. Et Maurepas ? et le Santerre ? et ce jeu de mots qui dit toute cette guerre dans ce nom de département — Aisne... Ne riez pas, je me rappelle dans le soir blafard combien lugubre résonna à mes oreilles le nom de Nanteuil-la-Fosse où nous arrivions pour relever dans les ruines blanches une compagnie de fantômes. Cette nuit-là, parmi les morts, j'ai cru comprendre le mystère des noms.

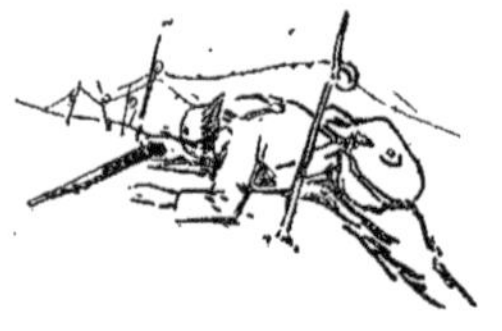

La Roulante

C'est un monstre cahoté enflant son ventre énorme et noir avec un long cou charbonné. C'est une bête apocalyptique suant du bouillon, rotant un goût de café et de graisse et dont les flancs rebondis portent la vie aux combattants. Sa panse est lourde de pommes de terre et de quartiers de bœuf où s'est appesantie la main noire du cuisinier. La bonne bête nourricière va jusque dans les domaines de la mort. Des prêtres crasseux s'empressent autour d'elle, la servant dévotement, l'encourageant de leurs cris ou l'outrageant d'injures grossières quand l'effort des chevaux ne suffit plus pour la tirer des trou-d'obus où parfois elle culbute. Puis la roulante s'arrête à l'abri d'un talus et de la nuit se détachent des ombres qui l'entourent et lui font une réception joyeuse, avec un bruit de marmites heurtées. A la lueur des lointaines fusées, la soupe fumante est servie, et les ombres s'écoulent peu à peu dans l'obscurité, ceinturonnées de bidons, des chapelets de boules de pain en sautoir. Et là-haut sur le plateau, à la musique grave du canon, le quadrille des grenadiers se poursuit et deux races accrochées à la terre se défient dans le tumulte.

Rencontre

Les obus pleuvaient sur la route et arrosaient le village. Au hasard de ma course, j'avais bondi dans les ruines de l'église à la recherche d'un trou, d'un abri où je pourrais cacher ma pauvre humanité traquée... Un sifflement, puis un souffle long, suivi d'un éclatement en fanfares stridentes, me fit jeter à terre, le nez sur un christ en bois, qui traînait parmi les débris de pierres peinturlurées de l'autel.

Ce fut pour moi d'abord, l'étonnement d'une rencontre aussi bizarre et cette parole vint jusqu'à mes lèvres :

— Qu'est-ce que nous faisons là tous les deux, mon pauvre vieux ! »

Mais le Christ avait un air si malheureux, sa tête penchée sur son épaule me sembla si douloureuse, que les larmes me montèrent aux yeux.

Un pinceau lumineux de lune caressait les ruines doucement, et c'était terriblement lugubre, ces déchus, le dieu qui s'était fait homme et l'homme qui avait cru que sa science l'avait fait dieu, parmi les écroulements du temple d'hier, dans la désolation infinie.

Le Guetteur

Le soir tombe cendré de brume grise, un soir sale qui s'affaisse sur le plateau torturé par la charrue démoniaque de l'obus. Le ciel que le vent essuie avec les chiffons crasseux des nuages grelotte. Les arbres se dressent fantômatiquement nus comme des manches à balai que des sorcières auraient plantés là. Le guetteur s'allonge sur le parapet, parmi les vagues de fils de fer barbelés et regarde.

En face de lui, il y a d'autres hommes qui sondent la nuit, d'autres hommes qui pensent, qui souffrent, qui méditent. Un ruban de terre aride et blafard comme un paysage lunaire les sépare. Mais entre eux, il y a un énorme fossé creusé par des siècles d'erreurs, d'égoïsme, de crimes, de préjugés, de mensonges. Il y a toute l'histoire avec son cliquetis d'épées précédant les subtilités de fins diplomates. Entre eux, il y a toute la bêtise humaine. Le guetteur n'est pas trop étonné d'une situation qui le place face à l'adversaire invisible. Il sent vaguement que la Fatalité écrase les peuples de tout le poids de leur passé. Il sait que chaque génération doit descendre dans l'arène, et que tout l'effort des hommes depuis des siècles est de lutter dans le champ clos de l'Europe. Et, peut-être que dans cette âme naïve et simple gronde tout l'orgueil de la race.

Le guetteur regarde la vaste étendue des champs déserts où sont enfouies des multitudes. Il ne conçoit pas bien la grande haine des Nations, mais il l'admet parce qu'il lit parfois le journal. Pour lui, tout le problème actuel est d'écouter si ce bruit léger, c'est le vent qui frôle une herbe, de voir si cette ombre que la lueur d'une fusée anime n'est pas un ennemi qui rampe.

Des pas dans le boyau annoncent la relève, présage de joies inouïes, car leur siècle concède aux hommes de la guerre des jouissances mesurées, mais inconnues jusqu'ici : la pipe fumée dans un coin de l'abri avec une résignation béate, les trois gorgées de vin bues à même le bidon, le bien-être de se détendre les membres, la distraction de la manille.

Et puis l'heure coule. C'est le retour au créneau par le boyau où le pied heurte aux caillebotis édentés, le glissement furtif sur le parapet, la longue et minutieuse exploration de l'ombre. Une étoile danse sur la flaque d'eau d'un trou d'obus. Des coups de feu secs fouettent l'air. Le rêve du guetteur se poursuit. Mot à mot, il déchiffre l'énigme de l'homme, et dans cet affrontement de toutes les haines, il se demande s'il a aimé assez. Et la douleur innombrable lui révèle un idéal nouveau, l'amour éternel et immuable d'où doit sortir le monde de demain.

Puis, le ciel pâlit dans une froide aurore de marbre rose, le jour se lève, triomphant de la nuit qui traîne encore aux crevasses de la terre, un jour terne qui vient s'ajouter à l'égrènement des jours sans nombre.

Et le guetteur songe parfois à tout ce que l'univers possède de beauté et d'intelligence. Il s'étonne de ce que l'homme, but de toute l'évolution, n'ait pas dans l'harmonie générale la place que lui confèrent les exigences de grandeur qui sont partout.

Les Lettres

« Les babillardes » ! L'agent de liaison est entouré. Il déchiffre les noms péniblement. Des mains se tendent, des plaisanteries s'échangent. Les joies de cette vie battent leur rythme en deux temps : la soupe et les lettres. Les lettres sont un peu la soupe du cœur.

L'enveloppe est déchirée avec précaution dans l'espoir que la feuille pliée s'ouvrira en crachant quelque mandat. Puis un peu à l'écart, la lecture commence, lecture qui est une rêverie dans laquelle l'amertume du présent envahit l'âme. C'est la parole d'un autre monde qu'on croit avoir quitté depuis longtemps et qu'on ne revoit que comme un songe : les feuilles de papier portent tous les mystères des vieux souvenirs, cris d'espérance ou de douleur, mots de rage, phrases caressantes comme celles qu'on dit aux tout petits quand ils souffrent, paroles viriles, plaintes de femme, baisers de maîtresse, tout le pauvre amour sacrifié et palpitant, toute la pauvre impuissance humaine tordant ses bras de désespoir ou plastronnant encore devant le cataclysme. Ah ! la chanson des lettres, douce comme une berceuse !

C'est la lettre qui rappelle le village jeté dans un creux de rocher où un troupeau de petites maisons se presse autour du clocher. C'est la lettre qui évoque la ferme avec sa cour large et son pigeonnier blanc. C'est la lettre qui silhouette la jeune paysanne à qui on dit des mots d'amour, un soir de fête quand le vent apportait en les roulant, les notes égrenées d'un air de valse qui ne semblait danser que sur un pied. C'est la lettre avec ses naïvetés touchantes d'une grosse écriture appliquée faite par la main rugueuse d'un travailleur. C'est la lettre de la petite ouvrière, dont l'orthographe n'a pas changé depuis les rendez-vous donnés pour le dimanche, les promenades en été, les guinguettes au bord de l'eau où on volait un baiser sous les bosquets anémiques. C'est la lettre grave du père qui fait des recommandations, cherchant à réconforter par des phrases qui ne viennent pas de son cœur et qu'il a cueillies dans son journal.

C'est la lettre du frère, celui qui sait parce qu'il y est, écrite au crayon, à la hâte, qui dit avec l'argot du soldat : « Ça barde, ne t'en fais pas ! » C'est la lettre aux mensonges pieux où une fausse bonne humeur dissimule la misère, la cheminée sans feu, les petits pieds de l'enfant sans chaussures, la tristesse des soirs pour l'épouse angoissée.

Ah ! le drame intime, tragique de ces lettres qui remuent l'âme qui attendrissent, qui encouragent !

Et de toutes, il en est une sur laquelle on se penche les larmes aux yeux, c'est celle qui rappelle une coiffe blanche sur des cheveux blancs, la lettre qu'on lit avec ce mot sur les lèvres : « Maman ! »

La Sape

C'est un trou dans l'ombre, un trou qui s'ouvre dans la terre. Quelques escaliers boueux dévalent à une salle tapissée de rondins. On aperçoit, à la lueur d'une bougie qui déchire la nuit en lambeaux, un homme rêveur qui fume sa pipe. Dans un coin, un corps étendu, couvert d'une capote, ne laisse voir que deux pieds énormes, deux pieds d'où semblent sortir des ronflements sonores. — Au dehors, les rafales d'obus s'abattent avec un roulement formidable de tambour.

A quoi songe-t-il, cet homme qui fume sa pipe ? Son rêve va-t-il jusqu'à recréer les temps profonds où ses ancêtres fuyaient épouvantés devant les éléments de la Nature ? Est-ce l'homme préhistorique qu'il revoit, dans sa grotte, tressaillant aux hurlements du grand ours devant lequel tremblaient les mammouths laineux ? Pense-t-il aux hordes barbares qui passaient effarées dans les tempêtes ? Songe-t-il aux frayeurs humaines des premiers âges, quand les vieillards, portant leurs haches de silex, écoutaient en fronçant les sourcils le grand fleuve qui grondait au loin ?

L'Histoire de l'Homme commencée dans les cavernes finirait-elle dans les cavernes ? Le cycle est terminé. Les forces vaincues prennent leur revanche !

Quinquin, Enfant du Pays noir

Dans les villages du front, il y a un petit lutin, bizarre et familier que tous les soldats connaissent. C'est un enfant de la rue, au museau barbouillé, il est espiègle, il est cocasse. Je l'ai surtout connu dans les pays du Nord, boueux et noirs, dans ces villages semés parmi les plaines de betteraves, autour de la grande mine, où jadis le père allait travailler.

Un microbe ! Cet enfant a des gestes d'homme. Il fume comme un sapeur, il jure comme un païen. Il chante « La Madelon » et sollicite comme une grâce de porter un fusil quand la relève traverse le village pour la montée aux tranchées. Il suit aussi vite que le lui permettent ses petites jambes et aussi longtemps qu'il le peut. Quinquin est un vieux guerrier déjà que l'obus n'effraye pas. Au hurlement qui déchire l'air parfois, il vous dira : « Celui-là n'est pas pour nous ! » Et quand tout le village est ébranlé par un éclatement formidable il dit seulement : « Ça s'écrase ! » Alors il sort vite de sa maison pour voir les dégâts. Il considère froidement, sans étonnement, avec calme, le désastre et comme pour montrer que sa petite humanité domine le Destin aveugle, il se hisse sur les décombres, et grave, les mains dans les poches, le calot militaire sur l'oreille, il regarde, dédaigneux, l'écroulement de pierres, de meubles, de linge, cette chambre coupée en deux où le lit subsiste en un bizarre équilibre, où un tableau de famille pend encore au mur. Quinquin a des paroles définitives et emplies de sagesse. La nuit, quand des avions rôdent en bourdonnant au-dessus de son village, comme il ne veut pas descendre à la cave parce qu'il a peur de l'obscurité, il se blottit sous ses couvertures et compte les bombes qui tombent : « Une crotte, deux crottes, trois crottes ! »

L'enfant a grandi parmi cette vie bizarre, heurtée, pleine d'imprévus, de l'arrière front. Il a regardé la guerre comme un spectacle et le spectacle s'est déroulé devant lui avec ses alternatives de bombardements, d'offensives, d'attaques, de nuits agitées. Ah ! il les connaît bien ces nuits, le petit Quinquin ! La rue s'emplit de bruits de pas, de voix. Il se lève alors, il pousse une chaise près de la fenêtre qu'il entr'ouvre et il regarde défiler des hommes écrasés sous le poids du sac, des voiturettes traînées par des mules, des caissons lourds, des canons parfois. Et Quinquin, conclut : « Ça va barder » Il attend le petit jour avec impatience, car il sait fort bien que le coup se fera à l'aurore. Dès que l'artillerie gronde, il est sur pied. Il court à l'affût des nouvelles. Il vous dit : « Les batteries de Pierre Carrée donnent » ou encore « C'est du 155 long ! » Il se perche sur un arbre et il regarde les bouquets de fumée de l'horizon qu'il apprécie en connaisseur. Il n'ignore rien de la disposition des lignes, tant il en a entendu parler. Aussi, il donne des détails : « S'ils arrivent au gros chêne, ça y est ! La percée est faite ! » Car Quinquin a des idées générales non dépourvues de valeur et il croit à la percée. Il se renseigne auprès des blessés qui descendent, il est du cortège des prisonniers parmi lesquels il se mêle ou à qui il tire la langue, car il est déjà un homme et il ignore la pitié.

Quinquin mange à la roulante dans une gamelle et boit le pinard. Il se charge de commissions pour les soldats et vit de leur vie. Ce petit être est un sage, ce gamin est un philosophe. Ses pensées sont graves. « Poilu, dit-il, sent bon. — Il y a deux vérités, celle que je vois et celle que je lis dans le journal de mon père ! — Il est peut-être plus dur d'être privé de pinard que d'aller à l'école. — Le rata est excellent. Si j'avais à choisir un autre papa, je choisirais le caporal d'ordinaire. » Ses maximes sont simples : « Gratte-toi si tu as des poux !... Un gendarme est un vilain monsieur !... Si les enfants faisaient en classe autant de bruit que les grandes personnes dans le monde, on ne s'entendrait plus ! »

Le petit Quinquin est un homme, mais un homme pas plus haut que ça, portant des pantalons courts et une veste taillée dans une vieille vareuse bleu horizon. Il a les cheveux drus, le nez en trompette, l'œil vif et malin. Il n'a jamais demandé au père Noël — c'est du moins lui qui l'affirme — ni des soldats de plomb, ni des canons, ni un fort, ni un aéroplane mécanique. Il rit des autres enfants de son âge qui s'habillent en capitaines de hussard et qui portent un petit sabre. Il connait l'armée. Ce ciron a d'autres jouets. Ce sont les grands 155 sur lesquels les artilleurs le mettent à califourchon, ce sont les chevaux de la roulante qu'il mène à l'abreuvoir et ses soldats à lui, ce sont ses frères, les poilus.

Un jour, j'ai rencontré le petit Quinquin sur la route. Un obus était tombé sans éclater, un obus énorme, les flancs gonflés et brillants. L'enfant considérait cette chose, allongée sur la terre, deux fois plus grande que lui. Il avait un doigt dans son nez. Lorsqu'il m'aperçut, il me dit :

« Je l'ai échappé belle ! Il est tombé devant moi. Mais je me suis couché !

Et il ajouta avec un geste gavroche.

— Tu parles d'un zinzin !

Il faudrait un Homère pour chanter cela !

Le Coureur

Des fois, en regardant la plaine où rien ne bouge, on voit passer le coureur. Il a surgi, soudain, d'un amas de débris, et il semble minuscule dans l'immensité déserte. En l'eau jaune des trous d'obus dansent de gros nuages qui roulent au ciel. Les barbelés rampent à terre parmi une floraison fantastique de boîtes de conserves. C'est le décor du drame sinistre, la scène de la Mort fastueuse avec ce seul acteur visible : le coureur. Il est l'homme dans ce néant, il est l'infiniment petit dans le gigantesque, car tout ici semble plus vaste, plus grandiosement tragique sous la plainte longue de l'obus.

L'être a surgi de la terre. Il court. La vie est ainsi sortie de la boue, victorieuse. La créature est encore là, où rien ne subsiste. La matière semblait ensevelir l'Homme et l'homme bondit. La plaine est une enclume sur laquelle le marteau d'un géant frappe sans relâche, et dans la fumée, le coureur passe. Il porte un ordre. De cette vie qui se joue sur la scène du drame, dépendent d'autre vies blotties, cachées, invisibles, en cette plaine déserte et peuplée qui est une ville. Des trous noirs qui s'ouvrent dans la terre des têtes se montrent. Ces trous sont habités. Ces têtes ont quelque chose d'humain. Parfois un appel joyeux, un nom qui sonne dans le martèlement de la canonnade, accompagne le coureur. Mais il ne s'arrête pas. Il répond essoufflé : « C'est pas le filon ! » et il passe.

Ce corps qui s'élance en avant c'est tout un défi à la grande désolation. Lorsqu'il a surgi de la terre on pouvait croire que c'était un diabolique débris, mais maintenant, on reconnaît l'homme dans cette silhouette découpée dans du noir. Et si petit qu'il soit, il paraît un demi-dieu, fragile comme un lutin, grand comme Prométhée, en lequel la vie inlassable se révolte avec une prodigieuse grandeur contre le mal dont avorta la déesse science. Et la Mort semble vaincue.

Le Coureur va dans le paysage morne des champs de bataille, sur un sol bouleversé, crevé de trous où croupit l'eau boueuse et son ombre se profile rapide sur l'horizon de brumes sales. Des arbres, plantés comme des cure-dents, sans une feuille, déchiquetés, les bras décharnés, semblent implorer le ciel. D'autres, d'une branche brisée qui tombe lamentable vers le sol, las de tant de misères, montrent la terre où tout revient. Et le paysage d'argile grasse, de boue visqueuse où traînent des fusils souillés, des sacs, des casques, des outils, s'étend désolé comme si quelque chose de monstrueux lui avait enlevé tout ce qu'il pouvait avoir de terrestre. Des routes crevassées où jadis passa la vie, se devinent encore à une borne kilométrique, à un poteau indicateur. Plus d'herbe dans ce temple de l'horreur, dont les troncs de frênes décapités forment une colonnade, soutenant le ciel, qu'on dirait découpée dans des tôles. Des caisses vides, des planches, quelquefois la roue d'une voiture dont on distingue encore les débris, le bataillon de piquets de bois, penchés, heurtés, comme ivres, une voie de chemin de fer écrasée, fouillée, tendant son arête de rails et de traverses, voilà ce que voit le coureur qui passe, comme un petit point mobile, dans l'immensité douloureuse... Les nuages pèsent lourdement sur la terre désolée. La gerbe de fumée d'un obus met sa tache sale sur l'espace morne. Le coureur disparaît, reparaît, s'engouffre dans un trou, en ressort d'un bond nerveux, saute une tranchée qu'on devine à un talus. Et puis, l'immensité le prend, l'horizon le dévore, le coureur a disparu.

Le G. V. C.

Le G. V. C. est un fonctionnaire qui regarde passer les trains. Il promène un ventre quadragénaire sous l'œil rouge des disques et il compte ses pas sur le sentier qui longe la ligne. On lui a dit que c'était son devoir et il est persuadé que le travail de ses pieds, produit chaque jour un peu plus de droit, de justice et de liberté, attendu qu'il lit le journal et qu'il possède sa carte d'électeur.

On trouve le G. V. C . au coin de tous les ponts, aux barrières de tous les passages à niveau, au seuil de toutes les primitives guérites, déposé là sans doute par quelques trains de troupes trop chargé. — Il a la sage résignation du philosophe qui bedonne et le sourire bon enfant de la moustache qui grisonne. Il répond aux quolibets qui fusent des portières par le sourire, au vent qui chante dans les fils télégraphiques par son ventre. Ainsi, il reste une intéressante silhouette de cette guerre grâce à l'affolante tenue qu'il exhibe pour la plus grande joie des héros que l'on mène à la gloire de la bataille et des hirondelles qui viennent se poser sur la portée de musique des fils, afin de rire de lui.

Mi-soldat, mi-civil, le visage enfoncé dans un cache-nez qui laisse échapper la broussaille de la moustache écrasée d'une trogne rouge, affublé d'oripeaux, armé d'un bénévole fusil, ce guerrier pacifique, respectueux de la consigne, garde les voies de communication. Il représente la vie dans l'implacable parallélisme des rails. C'est le meilleur ami de la garde-barrière dont il a su conquérir la sympathie par sa bonne humeur. Il sourit quand on l'appelle embusqué, parce que sa capote est lavée par l'eau des pluies et d'une teinte indéfinissable, et que ses godillots s'usèrent au contact du silex des voies. C'est un humble. Son âge le dispense de partager les honneurs, les gloires, les dangers. Sa tenue ne l'oblige à aucune coquetterie, parce que la défroque qu'il porte n'a plus de forme ni de couleur. C'est un remède contre l'amour de l'uniforme. Couvrez le monde de gardes-voie et tout le militarisme qui s'attache au cœur de la femme disparaît. C'est pourquoi on le cache honteusement dans la campagne, entre le poteau télégraphique et la haie d'aubépines, dans l'ombre des ponts.

La nuit, le G. V. C. compte les étoiles du ciel; le jour, il compte les boîtes de conserves qui jonchent les voies.

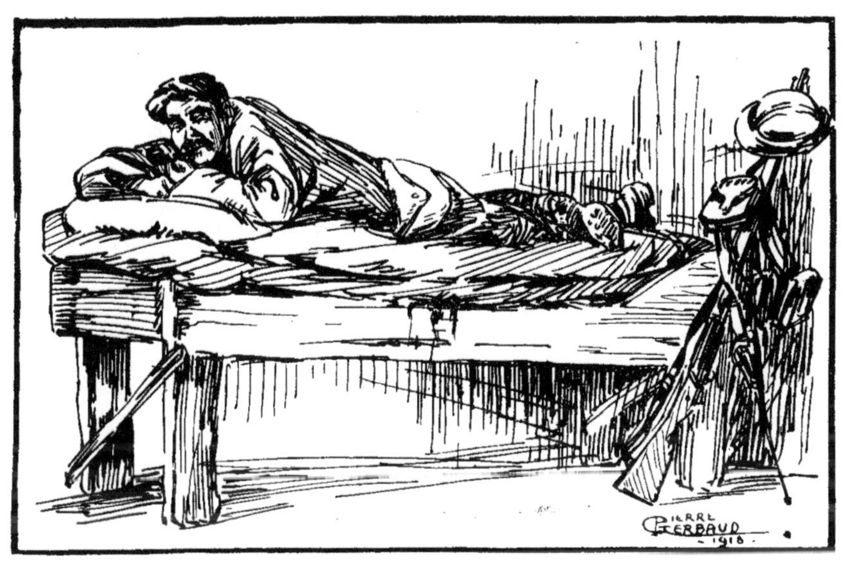

Le Cafard

Cet immense sacrifice de l'être à la douleur, l'offre qu'il fait de son corps lassé à la mort a son rire, par quoi l'homme se grandit jusqu'au dieu. Ce rire est un triomphe parce qu'il est le cri même de la vie, parce qu'il fouette, parce qu'il domine la souffrance. Jamais le rire ne fut plus splendide qu'à cette époque où on a tant pleuré, le rire des tranchées qui est du mépris pour la Fatalité, qui est un crachat à la bêtise humaine. Mais si grandiose que soit le rire de ce Prométhée enchaîné à la boue, le géant devient parfois une pauvre chose qui souffre.

C'est aux heures sombres où, sorti de la mêlée, revenu à lui-même du cauchemar qu'il a vécu, le soldat réfléchit. L'âme lourde s'abandonne peu à peu à une sorte de tristesse qui étreint le cœur. L'impuissance de l'individu dans l'immense jeu des événements engendre des pensées d'esclaves. C'est un ennui grave, une souffrance calme, un mal moral lancinant et continu. Le ciel semble gris, la vie semble bête, l'avenir écœurant. Une profonde résignation courbe le front humain sous la pesante douleur des temps. L'étincelle de la révolte ne brille pas. Le jour est un linceul. Le cerveau est vide, ou si au fond de ce cerveau il y a encore quelque chose, c'est une idée fixe qui bouillonne, qui ronge, qui monte sa gamme de tristesses et de désespoirs, dans un affolant tourbillon.

Ce ne rien faire, cette chute dans le vide, c'est l'heure lourde du cafard, après les émotions qui ont secoué la pauvre carcasse humaine, quand on savoure un peu de repos sur la litière de paille ou sur la couchette de bois. Les souvenirs bercent l'âme, l'entraînent dans leurs remous. L'œil s'attache aux filets de lumière que laisse passer le toit aux tuiles brisées et qui vont se jouer sur la mousseline grise des toiles d'araignées. La rêverie s'exaspère. La grange disparaît peu à peu et c'est l'intérieur honnête du temps jadis. Des ombres passent, des figures aimées, disparues dans le déferlement impitoyable des choses. Et la machine à penser, va, va, rapide, implacable. C'est maintenant un coin de tranchée emplie de fumée, un corps lacéré comme celui entrevu l'autre soir, c'estla mère qui pleure, la femme en deuil. Puis un mot entendu réveille le soldat de son cauchemar. Le présent s'affirme de toute la laideur des murs lézardés de la grange, de toute la paille qui traîne, battant de sa vague d'ordures, de papiers sales, de boîtes de conserves vides, de vieux souliers éculés, les pieds branlants de la couchette. Et tout le luxe modeste du passé afflue en souvenirs pressés, le lit douillet, le feu dans la cheminée, les lumières des villes, les boutiques parées comme pour une fête, les foules affairées, la nostalgie d'un coin de boulevard ! Entendre le bruit de la vie, loin du sinistre étouffement de tout amour, loin des cités de la boue, loin des palais de misère où les araignées ont filé leurs tentures de poussières !

Et, fumant sa pipe, celui qui souffre dans sa chair et dans son âme, déclare simplement avec un sourire résigné : « J'ai le cafard ! »

Des Cris dans la Nuit

La bataille s'apaise dans un grognement de gueuse rassasiée. La sentinelle, au créneau, regarde le plateau qui s'étale devant elle comme une mer d'encre où flottent des épaves. Rien ne vient interrompre la monotonie de la terre lasse de souffrir, que les verrues des abris abandonnés et les yeux glauques des trous d'obus pleins d'eau qui s'allument à la lueur des fusées. Et alors, dans la nuit, montent des cris.

Quel musicien oserait composer l'hymne des blessés, des malheureux qui rampent dans la boue ou qui râlent dans les trous ? Toute la chair meurtrie qui achève de mourir jette au ciel, dans un cri, toute sa révolte ou toute sa douleur. La désespérance noie les âmes, les pauvres âmes qui s'éteignent. Le vent passe qui mêle les plaintes et roule les sanglots. Les cris brisent parfois le silence, ils s'apaisent, ils reprennent, ils s'élèvent. L'archet de la douleur passe sur cette humanité qui gémit. Ils chantent la mort, ces bardes cloués par la souffrance sur la plaine immense, et leur clameur monte comme un râle profond, le râle où l'homme finit enfin sa passion innombrable !

Du poste qu'il ne peut quitter, la sentinelle écoute les cris des agonisants qui demandent la vie, l'amour, la jeunesse, la beauté et que la nuit enlinceule.

C'est le « ah » languissant qui traîne, le « oh » qui s'échappe d'une bouche convulsée, des appels, des noms de femmes, des noms d'enfants, et aussi ce nom qui tremble comme s'il était profané d'être prononcé dans tant de souffrances : « Maman ! » Il y a des cris profonds et graves, sanglotants, éperdus, sauvages : « Les salauds ! » Il y a des plaintes : « Ma jambe ! Mes yeux ! », d'autres encore : « Par ici ! »

Des fois un hurlement s'élève qui ne fait pas tressaillir les voiles du ciel : « Mon Dieu ! » ou plus gaillard, le cri garde encore son cachet faubourien : « Eh ! les copains ! » Un gémissement monotone s'accompagne d'appels déchirants. Ces cris semblent des cris de bête qu'on égorge. On dirait qu'ils implorent, on dirait qu'ils maudissent ! On entend pleurer, supplier, prier. Le juron se marie au râle qui s'éteint.

La sentinelle écoute, impassible, son ombre se profile immobile. Cet homme ne frémit pas. Il a l'habitude. Rien ne le trouble plus, la pitié s'étant atrophiée en lui à jamais !

La Faune de la Vallée de l'Ombre

Aux temps préhistoriques, quand l'homme fuyait devant les cataclysmes, il voyait dans l'épouvantement des déluges et des tremblements de terre de formidables et monstrueux animaux qui rôdaient dans les forêts immenses. Les âges se sont amoncelés et l'homme devenu dieu est le maître de cette nature qu'il a disciplinée et réduite en esclavage.

Mais le déluge du feu déferlant à son tour, l'Homme dans la souffrance où il excella, a vu encore passer des animaux bizarres, des monstres aussi redoutables que ceux dont la nature avorta jadis. Et le vieil homme trembla devant la faune qu'il avait créée, devant les forces qu'il avait déchaînées en voulant imiter la vie superbe et généreuse.

Car c'est toute une vie nouvelle qu'il précipite dans la mêlée des races, que j'admire et qui m'épouvante parce qu'il lui manque peut-être, malgré ses savantes combinaisons, le mystère sacré de la création. Et je me dis qu'il est impossible que le torrent de vie qui aboutit à l'homme, aille se perdre à jamais dans la machine inconsciente. Je pense que si génial que soit l'inventeur, si habile que soit l'artiste, c'est plus haut que doit tendre l'évolution, hors du monde des formes, vers le monde des idées, universelle dualité que la vie relie en un mécanisme admirable pour l'éternelle transmutation de la matière en esprit. C'est pourquoi, je vais, éperdu, dans l'effarement de la bataille, parmi les animaux fantastiques.

D'énormes bêtes aboient dans les ravins avec de longs cols d'acier et leur troupeau rageur, appelé batteries, frémit de colère. Elles grognent, gémissent, frissonnent, bondissent tirent des langues de feu, maîtrisées par les gardiens qui les entourent. Dans l'air, tantôt libellule, tantôt sombre oiseau de proie, l'avion passe, allongeant son ombre dans le pré ou mettant un vol d'hirondelle dans le vitrail du ciel. Plus loin, là-bas, c'est la bande joyeuse des lourds mammouths d'acier, qui vont majestueux, formidables, tanguant, se dandinant et les chars d'assaut passent. Une baleine rousse qu'un océan houleux aurait jetée sur la terre dénudée, battue des vagues des trous d'obus, une bête énorme, palpitante, frissonnante, roulant son dos, gonflant son ventre sous une peau gluante, c'est la saucisse qui tout à l'heure va monter. Et bientôt dans le ciel clair on croira qu'un semeur géant a laissé tomber dans les sillons des nuages ces gros haricots. Rageur, maigre, efflanqué, le fusil mitrailleur ressemble à une grande sauterelle, avançant vers l'ennemi le nez de son cache-flammes. Son long corps vibrant de colère s'arc-boute sur deux longues pattes. Il tousse, il crache les balles du chargeur qui lui fait un ventre, puis il s'apaise, prêt à bondir du socle de sacs à terre qu'on lui a fait. Le long des bois, aux pentes des ravins, placide et lent, c'est le serpent du tortillard qui va péniblement, tout son long corps annelé à la traîne de sa petite tête de locomotive. Au fond de la tranchée, dans la boue, il y a quelque chose de gluant, un batracien féroce, le crapouillot qui rote son obus et se cache lâchement ensuite. Sur la route, c'est l'automobile dont l'œil cyclopéen brille au dessus d'un méchant museau. Tout est une imitation de la vie, jusqu'au briquet dont la flamme est une aile. parce que ce siècle a voulu que sur l'Europe féconde et fertile, le vent de la haine agite un jour ces nouveaux champs de blé que sont les baïonnettes.

Et toute cette vie nouvelle, sort de l'usine, corps immense qui, avec son long hangar et ses bâtiments massifs, ressemble à un grand escargot dont les cornes sont les deux cheminées de briques rouges, l'usine, généreuse et féconde matrice.

Les Fossoyeurs

Ces hommes silencieux creusent la terre. Le travail roule ces torses et torture ces corps dans les poses sacrées qui sont celles de l'homme condamné à ce monde. La pelle se lève et s'abaisse comme un balancier. La sueur perle aux fronts exténués. Et l'ouvrage n'est jamais terminé parce que le sublime de la misère physique est infini. La symphonie de la chair qui souffre, éclate là, dans toute son atroce simplicité, hors du fracas propice aux héroïsmes. Ces hommes sont les alchimistes du grand œuvre qui consiste à faire de la bête un dieu, la bête orgueilleuse de sa folie, égarée par sa haine.

Bras jeunes et robustes qui éventrez la terre féconde, est-ce un sillon que vous creusez et quelle moisson s'y élèvera ? Est-ce une tombe pour le monde dont les mauvais médecins regardent l'agonie avec un rictus sauvage ? Que diront les siècles qui viendront, en regardant votre œuvre immense qui suffira à immortaliser la haine des races ?

Chaque peuple a élevé à son dieu un temple digne de lui. C'est l'offre du travail humain à la divinité muette, travail matérialisé par la pierre portée après la pierre et aussi synthèse des efforts de toute une génération. L'Humanité a ses étapes et chacune de ces étapes a son temple. C'est la cristallisation de siècles de pensée, la réalisation sur le plan matériel de l'idée couvée par les âges, développée sur la spirale mécanique du progrès où l'être ascensionne éternellement. Il a fallu des milliers d'années pour que les longues théories d'esclaves de Gizeh bâtissent cette chose simple, la pyramide, premier volume possible, symbole du monde physique. Des siècles entassés sur des siècles furent nécessaires aux foules des artistes pour sculpter sur le roc les colosses à barbe frisée, aux flancs de taureaux, aux griffes de lions, aux ailes d'aigles, qui ornaient les palais de Ninive pour dire le Mystère de la Bête humaine. L'Acropole fut le couronnement de ce siècle d'Orphée qui développa l'intellectualité de la race blanche grâce à cet outil tout-puissant qu'est l'Art, comme la pagode indienne est la résultante de toute la civilisation du cycle de Ram. Les maçons du moyen âge voulurent l'éternelle symphonie des cathédrales pour dire l'immensité du Christianisme. Et ces travailleurs ont la même attitude que les multitudes du passé. Ils créent la cité souterraine en l'honneur de leur déesse, la science. Ils creusent ces veines où coule inépuisablement toute la jeunesse de l'Europe, pour que la Terre porte dans ses entrailles le fœtus d'un monde qu'ils rêvent vaguement. Et c'est le même geste d'esclaves dressant pour les temps sans nombre les monuments qui sont les Livres de l'Homme, c'est le même geste qui offre à l'avenir frémissant ce réseau de tranchées, affluents du suprême fleuve de la Mort.

Des trous ! C'est tout ce que leur siècle de recherches patientes dans l'ordre des sciences a pu produire pour étonner les générations qui suivent ? Des trous !

Où sont les temples aux frontons hardis, les palais aux flèches élancées, les larges avenues où ruisselle la vie ? Où sont les bruits des vastes cités, battant de la vague féroce de leurs flots les rives de maisons orgueilleuses ? Où sont les musiques joyeuses d'antan et le halètement des machines monstres par quoi l'homme-roi domptait la matière ? Les travailleurs comme les esclaves des bords du Nil, comme les foules de captifs de Babylone, le dos courbé, la sueur au front, haletants, éventrent la terre. Et leur œuvre est immense. Ils creusent la tombe du Passé. Ce sont les fossoyeurs du monde d'hier !

Berceuse

To die, to sleep.
(Shakespeare.)

Poilu, qui a toutes les résignations se résigne à dormir sous l'obus qui gémit et rythme son infernale cadence de mort. Quand la fatigue courbe le dos, incline la tête, le sommeil vient, et calme, l'homme s'abandonne à la fatalité. Il dort.

La sentinelle veille aux créneaux, l'œil sur la terre désolée qui s'étend devant elle, et avec un sentiment de sécurité qui semble étonnant, grave et serein, Poilu se cherche un peu de chaleur, un peu de réconfort dans le sommeil. Tantôt assis dans une niche qui l'enveloppe, il ressemble à un fœtus recroquevillé dans la matrice de la terre. Tantôt allongé dans un abri individuel, la couverture sur le nez, le corps écroulé sous la toile de tente, la tête sur le sac, il ronfle. La grande lassitude torture ses jambes. Il a la position d'un tout petit enfant dans son berceau. Il dort. Et la vie se continue dans toute sa quotidienne horreur. La fête du carnage bat son plein dans le décor funèbre des terres bouleversées pour le pourvoiement de la mort, cette première des internationales.

Il dort. Le canon tonne à l'horizon qui frémit comme sous le bruit des pas d'une danse de géants. L'obus passe essoufflé et s'écrase avec un déchirement qui fait trembler la terre. Les grosses pièces rythment les modulations de l'artillerie légère. Il dort. La pluie tombe fine, vernit la terre grasse des tranchées, ruisselle en filets d'eau sale. Le vent passe roulant les rumeurs, traînant les sanglots du ciel qui scandent la mesure du désespoir. Il dort. Sous les alvéoles creusées dans les parois de la tranchée, la tête penchée, le corps recouvert de la chape ruisselante encore d'eau de pluie, ou le corps ratatiné dans un trou que la boue ourle de lèvres sales, le bon sommeil réparateur vient le prendre. Un sac, une pierre, un rondin, un casque, tout peut servir d'oreiller pour poser sa tête, et on peut admirer des poses lasses, des jambes étendues, des bras harassés qui s'abandonnent. Parfois le boyau est un ruisseau qui coule, mais lui, dort quand même les pieds dans l'eau, parce que cette heure est l'oubli et parfois aussi c'est le rêve qui le transporte hors de ce pourrissoir, là-bas, tout là-bas dans la petite maison claire à la façade de laquelle grimpe une vigne sauvage.

Et la guerre, de sa voix puissante, chante sur l'humanité qui s'obstine à vivre sa grande berceuse.

Ils dorment aussi, tout près, blêmes et sanglants, avec les mêmes gestes harassés, ceux qui ne sont pas encore ensevelis. La mort, goulue et irrassasiée, s'est penchée joyeuse sur cette couche de boue, et les yeux vitreux se sont fermés d'horreur. Les bras sont retombés, las, la tête s'est inclinée et le bon grand sommeil les a pris. Ils dorment les gars, mêlant leur sang à l'eau des flaques qui mirent le grand ciel impassible.

Le Maquignon

Pour moi, qui sortais de l'innombrable horreur, ce fut une joie de voyager avec le marchand de chevaux pour l'armée. C'est un nouveau riche. Il a des souliers robustes et plébéiens, mais son ventre s'adorne d'une chaîne du meilleur aloi. Ce ventre qui fait craquer l'étoffe du gilet est surmonté d'un cou solide étalant ses mentons gras sur une cravate flottante. Le personnage est important. La quotidienneté du communiqué ne l'inquiète ni ne l'afflige. Il sait que les attaques, les coups de main, l'activité de l'artillerie, les offensives, les congrès, les discours sont les choses journalières par quoi se poursuit la guerre généreuse et féconde.

Ce fournisseur m'a dit : « Il y a bien trop de permissionnaires. Cela encombre les gares et affaiblit nos effectifs. »

J'ai risqué quelques timides observations sur la nécessité morale d'entretenir des rapports familiaux, mais j'ai bien vite compris que cet homme, qui s'est fait pourvoyeur en viande secondaire de la grande tuerie, ne saurait comprendre. « La famille ! Ah ! ah ! ah ! Les femmes ! Tenez ! laissez-moi rire, dit-il, mais les femmes, mon petit, n'ont jamais été aussi heureuses qu'aujourd'hui ! Voulez-vous que je vous dise, il vaudrait peut-être mieux que les maris ne viennent jamais ! »

Il ajouta méchamment, en clignant de l'œil d'un air malin : « Ils garderaient l'illusion. »

Sa face rubiconde et satisfaite s'encadrait de boucles d'or aux oreilles. Si les civilisations étaient bien distinctes, il aurait dû en porter au nez.

Les Poux

Pour les philosophes qui interprètent les desseins de la Providence (laquelle en ce siècle n'est plus qu'un ramassis de dieux guerriers dans un Olympe de caporaux), le problème des causes finales reçoit une solution immédiate. Ils disent que tout concourt dans l'harmonie de l'univers pour l'existence de l'homme et que tout gravite vers ce ciron. D'autres qui nient que la Nature ait été conçue sur un plan harmonieux, selon des lois intelligentes, doutant de la sagesse et du but de la création, puisent leur argument dans ce fait que peut-être la Terre n'est pas la meilleure planète possible. Il est juste de dire que devant tant de cruautés naturelles on est ébranlé, et qu'on se demande avec angoisse si tout ce que l'intelligence humaine apporta de férocité, était également prévu par la Cause des Causes. Aussi, emplis de pessimisme, aigris par un désespoir intime, ces philosophes montrent le spectacle de tout ce que notre monde contient d'inutile, pour prouver que la force vivante et intelligente n'a jamais existé dans le chaos de l'univers, fécond sans causes. C'est pourquoi ils disent, avec cette prétention humaine de tout juger : « A quoi servent les rats? A quoi servent les poux? »

Aujourd'hui, il n'y a plus que quelques rares esprits qui doutent encore, après des années et des années, de la plus sordide et héroïque misère, que le pou ait été créé dans un monde où les jouissances sont mesurées, pour le seul plaisir de se gratter. M. de Voltaire, lui-même, qui sans doute n'a jamais connu la joie de posséder des poux dans sa chemise, serait heureux s'il avait la disgrâce de vivre en notre siècle, de réfuter Lucrèce, ce maître niant toute causalité, ainsi qu'il le fit en son Dictionnaire Philosophique, et de l'estimer fort au-dessous d'un portier de collège ou d'un bedeau de paroisse.

L'homme du XXe siècle de l'ère chrétienne avait aménagé sa planète de telle sorte que tous les phénomènes de la nature puissent servir à son bien-être. Pas une force qui ne restât inemployée, pas un lambeau de prairie qui ne fût exploité, pas une cascade tombant des montagnes augustes qui ne fût profanée, de telle sorte que l'existence de l'Européen n'était employée qu'à transmuer en or les grandioses richesses naturelles. Nanti de la monnaie souveraine, l'être humain conçut un monde artificiel. Il fit jaillir le soleil électrique entre deux charbons, il remplaça la grotte de l'homme primaire par des palais somptueux où, grâce au pinceau de ses artistes il put jouir des spectacles de la nature de son goût, il put défier par d'ingénieux dragons mécaniques les animaux les plus rapides, il conquit la mer immense et l'air vierge. Il se crut dieu et il s'adora. Mais il sacrifiait ainsi les deux raisons qu'il a de vivre ; par la jouissance facile, l'effort et la sainte loi du travail, par l'individualisme, l'amour. Aussi le monde artificiel créé par lui s'écroula et l'Homme, fils de la déesse Science, sembla dans le plus grandiose cataclysme social, retourner vers la nature, vers l'instinct et s'offrir aux douleurs, aux misères, à la vermine.

Et c'est pourquoi, aux heures rares, qu'on appelle de repos (sans doute, parce que, hors du chaos indescriptible de la mort, la hiérarchie aidant, la vie quelconque reprenant son cours, le repos est un mythe) on voit des hommes au bord des ruisseaux, tuer des poux entre deux ongles, les poux inséparables compagnons du guerrier. Car, quoi qu'on en dise, le pou fut un ami fidèle du Poilu, en un temps où, grâce aux progrès, la guerre n'est plus en dentelles. Le pou a une façon de concevoir la vie qui ferait l'admiration de nos plus enragés partisans des familles nombreuses, si ces gens-là pouvaient jamais connaître cet animal philosophe et discret. Le pou est en effet le seul être participant à la guerre, ayant, grâce à sa fécondité, solutionné à son avantage le problème des effectifs dans la lutte universelle.

C'est d'ordinaire dans un paysage souriant, près d'un filet d'eau qui coule clair entre les herbes, que sous l'œil arrondi des libellules étonnées, Poilu accomplit le sacrifice des poux. D'une main experte, il fouille sa chemise, se penche attentif et tue sans pitié. Il assouvit ainsi sa vengeance, des heures de nuit où, au petit poste, les poux faisaient des promenades sur l'épiderme du guetteur. Et dans la haine de Poilu pour les poux il y a tout le souvenir des rares heures où, pouvant dormir dans l'abri individuel, il se grattait de l'orteil jusqu'au cou, militairement ficelé d'une cravate bleue.

Le pou est un héritage qu'on se transmet de corps d'armée en corps d'armée. D'où la variété des espèces qui vont du petit rouge jusqu'au gros père ventru, blanc croisé de noir. La paille qui remplace pour ces générations scientifiques le lit de nos pères moelleux et doux est le terrain d'échange par excellence, de telle sorte que gens du Nord et gars du Midi, nègres et blancs, Arabes et Anglais, Américains et Portugais, hommes jaunes des rives du Mé-Kong ou cow-boys des prairies du Far-West, tout ce creuset des races qu'est la France, dort ayant pour litière le creuset des races parasites qu'est la Paille.

Poilu, que rien n'étonne, tue ses poux en pensant que si la loi du progrès a de telles bizarreries, dans dix ans il se vêtira peut-être de peaux de bêtes et polira des haches de silex pour la chasse aux fauves. Néanmoins, il se console, pour l'heure, par cette idée que la vie est bien drôle qui livre aux poux des êtres humains dans le Colysée de l'Europe, comme jadis Néron livrait aux lions des chrétiens sous l'œil du peuple abruti de la Rome décadente. Et il pense à ceux qui le regardent, le prêtre qui s'en va honteux, courbé ou bedonnant, le maître d'école qui enseigne en alexandrins exaspérés, les anciens capitaines d'habillement qui voient éclore l'ère des épées d'honneur, les romanciers qui sont des monstres, les poètes qui sont des fous, les orateurs dont le bafouillage marque une limite au delà de laquelle il y a le fossé de la catastrophe, les femmes trop fardées, les riches qui ont fait leurs richesses de cet excès de misères, il pense à tous ceux qui n'ont pas de poux. Et il tue les parasites silencieusement, avec un recueillement de sage. Dame ! tout le monde, même parmi les plus incontestables héros de la plume ou de la parole, n'a pas l'honneur de tuer des poux !

L'Abreuvoir

> Quiconque boit de cette eau aura encore soif, mais il n'aura plus soif celui qui boira l'eau que je lui donnerai, car cette eau deviendra en lui une source jaillissante.
>
> (Evangile de Jean, 4-14.)

Parmi ceux qui, dans un héroïsme quotidien vantent en phrases écœurantes d'enthousiame la bravoure de Poilu, il n'y en a pas qui aient compris que la véritable victoire fut celle de l'esprit sur la chair. Le courage appartient aux courageux ; le mépris de la mort à ceux dont les yeux brillent d'un idéal. Mais il est plus grand celui qui, dans la souffrance perpétuelle, a, pendant des années, stoïquement supporté le supplice de la boue, de l'eau qui ruisselle sur les membres transis, du froid qui ronge les doigts, de la faim, de la soif ! Ah ! le martyre de la soif, dans les lourdes journées d'été, sous le bombardement qui empeste l'air de cette odeur de poudre qui sèche la gorge, qui brûle les lèvres ! Dans les jours suffocants où la sublime et pitoyable infanterie écoute la mort tambouriner inlassablement, le désir de boire vient torturer les êtres séparés du reste du monde par les barrages successifs.

Au premier jour, les bidons sont vidés, à petits coups, dans l'attente d'une accalmie, dans l'espoir que l'orage s'apaisera. Au deuxième jour, le tourment commence. On souffre d'abord avec patience, avec résignation, puis on attend nerveusement. La nuit vient. Des hommes tentent d'aller chercher le ravitaillement. Ils reviennent bientôt, las, découragés; on ne peut passer ! Et le matin blafard éclaire le spectacle du champ de bataille. Le soleil monte, faisant de ces tranchées de glaise une coulée d'or en fusion. Les heures passent. On se regarde avec des yeux fiévreux. La langue se dessèche. Personne ne parle. A quoi bon !

Le soir, on tire au sort ceux qui tenteront de traverser les barrages d'artillerie. Ils partent. On en voit revenir quelques-uns, le matin, pâles, poudrés de poussière. Nul être ne peut franchir la ceinture de fer et de feu qui entoure cet enfer. Et la journée se passe ainsi. On attend. Des nouvelles filtrent jusque-là. On sait que tel carrefour est écrasé sous les obus, que tel bois n'est plus qu'un chaos tumultueux. Qu'importe ! Des aviateurs survolent, indifférents, dans le ronflement de leurs machines, ce champ d'horreur. On les envie. Eux, dans quelques heures, ils pourront boire ! Et on se prend à penser aux fraîches terrasses des cafés, à la bière qui mousse dans le bock, à une source entrevue un jour, sortant joyeusement de la blessure d'un rocher.

Les crépuscules sont doux, cependant. Il se mêle à la puanteur qui s'élève des parfums qu'on ne peut discerner. La nature veut sourire dans cette horreur déchaînée, et on sent que loin, derrière ce spectacle, il y a la vie, belle, diverse, riche, variée. Le cerveau s'affole. Le soleil impitoyable illumine la flaque d'eau d'un trou d'obus, l'eau sale qui croupit là depuis le dernier orage. L'œil sauvage, on regarde avec envie la crevasse boueuse où un Allemand tué trempe encore ses bottes.

La souffrance fait perdre la tête. On veut boire, boire n'importe quoi et la pensée du trou d'obus, empli d'eau fangeuse, du trou d'obus auprès duquel ce mort hideux semble dormir, devient fixe, lancinante. Oui, l'eau est proche, à deux pas, sur cette terre torturée, ravagée. On attend la nuit avec impatience. On est décidé. On boira ce soir.

Le soleil ne veut plus se coucher. Il s'attarde au creux des ravins, il s'amuse d'un pinceau lumineux et nonchalant à dorer les cimes dévastées. Enfin, la première étoile paraît, l'horizon se vêt d'ombre. La gorge en feu, l'homme se hisse jusqu'au terrain crevassé qui est devant lui, il rampe, tâtonne. se traîne sur les genoux jusqu'à l'ombre immobile du soldat tué. Puis il se penche sur la boue, et simplement, brutal, d'un geste de bête, il boit, il boit !...

La Manille

Il est écrit en un très vieux livre que lorsque les prêtres de l'antique Egypte comprirent que le pouvoir temporel allait désormais régir le monde et que l'homme serait l'esclave de ses ambitions et de son égoïsme, ils résolurent de transmettre à l'avenir les idées philosophiques qui faisaient la gloire et la puissance des Mystères. Ils se réunirent en conseil, et ces sages, après avoir délibéré, conçurent le projet de synthétiser toute leur philosophie en quelques symboles. Puis ils cherchèrent par quels moyens ces symboles pourraient traverser le torrent des âges. Les uns voulaient les confier à un certain nombre d'adeptes qui devaient se transmettre ces vérités profondes sous la foi du secret. D'autres, et ce fut le plus grand nombre, déclarèrent que la discrétion humaine n'était qu'un mot, et qu'on ne pouvait édifier une œuvre aussi importante pour l'avenir, sur la seule vertu que les mœurs, les ambitions ou la lâcheté pouvaient altérer au cours des siècles d'un matérialisme abject. Ils ajoutèrent que la passion étant éternelle, c'est sur elle qu'il fallait compter pour transmettre les vérités cachées, et de toutes les passions ils choisirent le jeu. C'est ainsi que fut élaboré ce livre grandiose en vingt-deux lames symboliques qu'on appelle Tarot. Un peuple errant fut chargé de le répandre dans le monde, et bientôt toutes les races connurent le jeu des vingt-deux cartes qui contenait toute la doctrine sacrée.

Cette guerre a donné à la manille toute l'importance qu'elle n'avait pas. Elle est devenue, grâce aux heures de désœuvrement et d'ennui, la chose nécessaire. C'est un travail sacré. La manille est une machine à dévorer le Temps, que les poètes ou les peintres s'acharnent à représenter ayant une faux de la main droite et un sablier de la main gauche, alors qu'il serait plus moderne de le montrer portant un petit canon sous le bras. Toute joie passe, tout enthousiasme s'éteint, mais la manille reste.

Le désir du jeu sourd dans les profondeurs de l'âme humaine, comme le rut universel. On y retrouve la joie de la lutte et celle de la victoire.

La manille a ainsi conquis sa place à l'immortalité. Elle est devenue la seule gymnastique intellectuelle permise en un temps où on ne pense plus. Toutes les opérations de l'esprit balancent entre le trêfle et le carreau.

L'été, on joue dans un coin de tranchée, sur la toile de tente pliée, mais l'hiver c'est dans la sape éclairée d'une bougie collée à un rondin. Dans cette lueur tremblotante, la manille trouve ses adeptes et ses fervents. Une caisse couverte d'un vieux journal suffit à être l'autel du jeu immortel et les quatre virtuoses des cartes abattent atout avec des interjections muettes du regard. Un papier sert à marquer les points avec ses deux colonnes onduleuses et des chiffres mal formés. Matériel simple qui, dans le passe-passe de quatre rois, de quatre reines et de quatre valets, va absorber les heures où, sans la manille, on s'apercevrait de l'odeur de moisi, de vieux cuir, de tabac qui flotte, de l'eau qui coule le long des claies, des rats qui rongent philosophiquement une croûte de pain.

Le rata dévoré, le coup de pinard bu à même le bidon, un cri s'élève, toujours le même : « Un quatrième à la manille », mais il ne faut pas se frapper, le quatrième vient toujours, et la partie commence. On annonce des nombres ou des cartes que l'on cache soigneusement néanmoins. Il y a toujours celui qui, plus mal partagé par le hasard — si toutefois ce dieu existe — jette nerveusement ses cartes, allume sa pipe, reprend son jeu, en fait un éventail dans ses doigts habiles, pousse un juron, puis abat son roi avec un coup de main qui ébranle la caisse et le « han ! » que devait avoir le lanceur de disques dans les cirques antiques. Ainsi va le jeu jusqu'à l'heure où il faut prendre le petit poste, et, bien que selon toute probabilité rien ne ressemble autant à une manille qu'une autre manille, dans le bruit des hommes qui s'équipent, dans le cliquetis des armes heurtées, des discussions s'élèvent, des appréciations s'échangent. Et il y a celui qui, en mettant son casque raconte une anecdote : « Figure-toi qu'un jour ayant la manille de cœur... »

Le Cortège des Sanglants

La bataille se développe au loin, avec le ronflement d'une machine. Des milliers de canons tonnent sans relâche, hymne redoutable de toute la colère humaine déchaînée, auquel s'ajoute la voix rageuse des mitrailleuses. L'obus passe plaintif, poussif, haletant, sinistre et s'écrase sur les batteries. Les bois frémissent, la terre tremble, les vallons ronflent, répercutant à l'infini les éclatements, qui vont s'apaisant d'échos en échos comme des sanglots. Au loin, la fumée monte en gerbes, s'épanouit dans un bouquet de débris de toutes sortes, et les hommes, dans cet enfer, se résignent à ne pas trembler.

A l'arrière, c'est la montée des réserves, en ligne par un, c'est l'attelage écumant d'un caisson qui passe au galop, c'est le long serpent de poussière qui se tord sur la route dont la tête semble être cette motocyclette rapide. C'est aussi le cortège des sanglants.

Boîteux, bancals, ils passent, les blessés, sortis de la fournaise, et dans leurs yeux on voit encore l'éclair sauvage de la bête traquée, l'étonnement de vivre. Ils vont avec un pansement sommaire, la face pâle, la capote jetée sur l'épaule, le bras en écharpe, le pied sanglant hors du soulier ou le front ceint de cette couronne de martyr qu'est la bandelette blanche tachée de rouge. A petits pas, sautillant sur un pied, clopin-clopant, tous ceux qui peuvent marcher, fuient la grande machine qui ronfle sur l'horizon fumeux pour lacérer la chair humaine. Ils passent fiévreux, apeurés, par petits groupes, la souffrance contractant leur visage, vers la vie, vers ce rêve de Poilu : l'hôpital.

Il y a des gestes fraternels, il y a des attitudes touchantes ; il y a celui qui, blessé à la main, porte sur son dos le frère d'armes blessé au pied, il y a les plus forts qui soutiennent les plus faibles, car dans cette heure où l'espoir entr'ouvre sa porte à l'homme qui se croyait perdu, une immense bonté envahit l'âme. Et puis, la souffrance commune rapproche les cœurs... Le poste de secours semble lointain... On n'y arrivera jamais !,.. On fait des pauses... Quelques mots s'échangent, toujours les mêmes : « Tu souffres?... Etends ta jambe... T'as le filon !... T'as soif?... Appuie-toi sur mon bras... Un lit, mon vieux... des draps... l'hosto, l'intérieur... » on entend cela quand défile le cortège des sanglants.

Des fois, comme si la Souffrance voulait avoir ses princes, passe un brancard, avec le blessé, pâle, immobile comme un mannequin de cire qu'on porterait sur un palanquin. Et ils se suivent, ils se succèdent, celui-là s'étant fait une béquille d'un bâton, celui-ci marchant le bras levé pour éviter l'hémorragie, avec un geste maudissant de cette main enroulée comme un pilon de toile blanche. Les uns vont vite, d'un pas saccadé semblant vouloir fuir l'horreur d'où ils sortent, les autres plus calmes vont d'un pas égal, étonnés d'être encore de ce monde. La main déchirée par un éclat d'obus soutient la mâchoire fracassée, sanguinolente, sous le bandeau qui ne laisse voir que deux yeux de bête affolée et, d'une toile de tente portée par deux poilus, des plaintes s'élèvent, comme les gémissements d'un petit enfant.

On interroge anxieux : « Ça marche? — ... Pour sûr que ça marche ! » — Et des nouvelles circulent, heurtées, contradictoires. « La première ligne est prise !... Les objectifs sont atteints... Y a des prisonniers... Quel barrage, mes aïeux !... J'ai le filon... Bonne chance les gars ! »...

Les faces grimaçantes de douleur essayent de sourire et les silhouettes tremblotantes, titubantes, passent, passent sur les routes. Et tandis que toute une jeunesse monte vers la bataille lentement, sur les chemins de l'arrière, elle rencontre le cortège des sanglants qui descend du sacrifice. C'est dans l'échange des regards, de la pitié chez le blessé et de la pitié chez l'homme qui marche sac au dos, courbé, fusil à l'épaule, triste, recueilli, la grande pitié, celle qui n'a pas de mots pour s'exprimer parce qu'elle est vaste comme l'âme humaine.

Ève

Ève (La Genèse).

Dans la rue quelconque d'un ce ces villages qu'on a transformés en cantonnements de repos, avec ses maisonnettes lépreuses, déchiquetées, une femme passe. Elle traverse les groupes de soldats, qui, le bonnet sur l'oreille, parlent abondamment. Elle va, poussant une brouette, les bras rouges, les seins houleux sous le corsage entr'ouvert, le jupon court laissant voir des pieds solides. Elle n'est pas jolie avec ses cheveux tirés, son visage aux lignes communes, sa taille grasse. Mais elle est la Femme, et pour ces hommes chastes comme des moines, que leur siècle condamne à ignorer la saveur du baiser, la douceur de l'enlacement, cette femme, c'est toute la splendeur de la chair qui passe.

Les mâles la regardent avec des yeux de convoitise, des yeux féroces de désir où éclate toute la grandeur atroce du vieil amour. Car c'est l'implacable et sauvage frisson du désir, présidant à l'accouplement des corps jeunes, qui met dans ces regards où luit encore une flamme de brutalité, un sourire qui est parfois très doux. Le corps tendu sous l'effort semble offrir de toute son attitude, cette poitrine, cette bouche, ces yeux qui rient aux plaisanteries gaillardes.

Et ces hommes pensent aux soirs lourds de griseries et joyeux de caresses. Ils songent à une taille souple jadis enlacée, à une nuque ronde où on prit un baiser. Et l'oubli des heures atroces noie les âmes qui sont prêtes à toutes les tendresses. La femme passe, et on rêve à l'amour, aux vieux amours défunts, tristes comme le soir, aux amours nouveaux qui ensoleillent la vie. Elle va inconsciemment dans son rôle d'inspiratrice, prouvant l'éternité de son mystère. Car cette victime qui sacrifie son corps à l'amour de l'homme est une victorieuse enchanteresse, et dans l'embrassement où elle palpite, elle est, avec une mâle fécondité, l'évocatrice de toutes les pensées de douceur, de bonté, de pitié.

Ce n'est plus la villageoise poussant une brouette, c'est Eve qui passe.

Le Mercanti

J'ai eu l'impression de l'agonie d'un monde au spectacle de l'auberge tenue par le mercanti, sorte de gros bipède aux doigts saucissonneux, dont le ventre enflait un tablier bleu taché de gras. Cet homme, montant la gamme de tous les métiers, offrait particulièrement au flot pressé des soldats, son vin innommable que buvaient, assis un peu partout dans la cour et dans l'écurie, sur la brouette ou sur la margelle du puits, des jeunes gens imberbes et des vieux à cheveux blancs. Le pithécanthrope de l'âge du pinard, le bidon réchauffé par la liqueur rougeâtre, discourait interminablement sur des questions essentiellement militaires, interpellait un voisin, poussait des cris féroces, ou fumait sa pipe, un bon rire ivrogne dans la moustache inculte.

Le mercanti trônait, unique vainqueur de cette guerre dont il veut ignorer la gloire, un litre dans la main droite, la monnaie dans la main gauche. Cet abdomen s'arrondissant sur le comptoir me rappela l'incontestable royauté du ventre à une époque où seule la tripe pense, où la bourse bien enflée, tient lieu de divinité tutélaire. Je voyais l'ample beauté du bouddah moderne, la gargantuesque satisfaction d'une panse gonflée d'or et de victuailles : l'homme d'aujourd'hui.

... Et je songeais que chaque cycle historique possédait son organe directeur. Si la période religieuse du Moyen-Age, dans son excès d'idéal et de mysticisme, avait eu le cerveau, si la période classique penchée sur l'homme avait eu le cœur, notre siècle économique de mercantis avait pour organe le ventre, sous le règne de l'intestinal.

Le Philosophe dans le Trou

La neige, silencieuse, tombait tapissant de blanc la veine de boue où nous pataugions depuis des jours, et mettait aux piquets de bois, un petit chapeau de gnome, On avait creusé dans la paroi de la tranchée des trous individuels, fermés par une toile de tente et on dormait là entre deux factions aux créneaux. Etrange habitation que cette alvéole où on avait cherché à respecter le plein ceintre gothique, bizarre tanière que nul animal au monde n'aurait voulu, mais qui nous suffisait à nous, les hommes résignés. Les plus ingénieux avaient, avec quelques piquets de bois, aménagé une défense contre la pluie, mais la boue restait victorieuse toujours. La boue a quelque chose de fatal en elle. C'est la force lente, aveugle, déchaînée mais que rien n'arrête. La boue monte inlassablement. On ne s'aperçoit pas immédiatement de sa menace, mais silencieuse, hypocrite, elle avance, gagne ici l'entrée de cette sape, déborde là cette banquette de terre, s'étale dans ce boyau et s'allume la nuit, d'un feu de lune pour cacher sous la magie de la lumière et de l'eau des profondeurs insoupçonnées.

La neige silencieuse tombait dans la morne lueur d'un matin. J'entendais dans le trou voisin du mien, Lavaur s'agiter et pousser de sonores et éloquents blasphèmes en ce dialecte gascon pittoresque et violent.

— Mille dious ! Dormez-vous, caporal ?

— Non, mon vieux, je me gratte !

— Ah ! Diou vivant ! La boue entre dans mon trou !

Il luttait en effet, mais en vain contre l'envahissement de cette pommade gluante qui débordait tous les obstacles, s'infiltrait traîtreusement entre les piquets et délayait le talus de terre que le malheureux élevait pour sauver de l'eau sa pauvre niche de bête.

De guerre lasse, Lavaur sortit de son trou. J'entendis des grognements de colère, un piquet fut jeté au loin, puis la boue fit « flac-flac » indiquant ainsi que l'homme marchait. Enfin Lavaur s'écria :

— Pas moyen de dormir ! Diou vivant ! Et des jours et des nuits ainsi, sans fermer l'œil. Ma capote pèse cinquante kilogs. J'ai mis des sacs à terre autour de mes jambes, ils sont si lourds que je ne peux plus lever les pieds. Et ne pas dormir, mille dious, ne pas dormir ! Les poux, l'eau, la boue, la neige maintenant ! Mais qu'est-ce que j'ai bien pu faire au bon Dieu?

Il disait cela sincèrement, naïvement, avec ce mélange de drôlerie et de tristesse que le soldat met toujours quand il raconte ses douleurs.

J'avais soulevé la toile de tente qui fermait l'entrée de mon trou et je riais de sa colère.

Lavaur croisa les bras.

— Mais voyons caporal, ça va-il durer longtemps encore ! J'en ai assez, assez ! S'imaginent-ils qu'on va remettre ça tous les hivers pour crever un beau matin de printemps d'une balle dans le ventre !

Il paraissait indigné. Il resta pensif un moment, immobile dans sa carapace de boue, puis il reprit :

— Enfin, quoi, j'en ai marre ! La flotte, la mouscaille, les totos !... Ah ! malheur de nous ! Mais pourquoi, pourquoi?

Il adressait cette interrogation, rêveur, à la ligne d'horizon barrée de lourds nuages gris.

— Mon pauvre vieux, tu demandes pourquoi, dis-je, mais tu as tort de chercher à comprendre. Tu payes de ta souffrance l'innombrable variété de fautes d'un long passé. Prends cette blague à tabac et bourre ta pipe. En fumant, le spectacle de la douleur te semblera moins effrayant. Ne cherchons pas à déchirer le voile qui cache le poignant mystère du mal. Des siècles fastueux de science, de travail, de civilisation ont abouti à cela, des hommes vivant dans la boue, dormant dans des tanières de bêtes, se vautrant dans la fange la plus immonde et se faisant gravement tuer. C'est un fait, constatons-le et concluons que nos pères ont dû se tromper. L'humanité suivait un mauvais chemin. On ne s'en aperçoit qu'aujourd'hui. Il a fallu cela pour qu'on s'en aperçoive. Et maintenant, tu n'es plus le maître de toi-même, tu es le pantin de quelque chose de mystérieux et de formidable qui veut que les âmes se forment au creuset de la douleur. Les événements dépassent les hommes et les plus illustres parmi eux sont emportés par le flot. Vois-tu, puisque tu souffres, c'est qu'il n'y a pas d'autre solution que la souffrance !

Lavaur allait protester.

— Mais non, mon vieux, pas de colères inutiles. Il n'y a pas d'enfantement sans douleur. Et puis si c'est la sanction du passé c'est aussi une leçon pour l'avenir. Il ne faut pas juger à la légère ce qui dépasse notre entendement et dire cela est juste, cela est injuste, parce que nous ne connaissons qu'une partie de la vérité et qu'il existe au delà de ce que nos sens peuvent saisir, l'infinité de l'invisible. Nous aurions le vertige, si nos âmes plongeaient dans le gouffre où s'élaborent les destinées des hommes. Cette pipe est bonne et de cela nous pouvons convenir, nous les statues de boue. Fumons, impassibles, tandis que la neige tombe.

Le Tonneau sacré

Ce siècle avait préparé un monstre social bizarre. Il avait élevé au dieu Bistro le nombre infini de ses autels de zinc. Le ruissellement des liquides aux couleurs délicates, les offrandes dont le son argentin ne cessait pas, démontraient assez que l'homme avait répudié tous ses besoins, tous ses idéals, tous ses espoirs, hormis ceux d'emplir sa panse du breuvage qui pue.

C'est sur l'autel de zinc que se jura, entre les maîtres généreux à la dépense et les esclaves aptes à la consommation, l'alliance définitive, avec les grands mots des soirs d'élections et les phrases toutes faites des réunions publiques. Par la grâce du comptoir où ruissellent l'eau sale des verres et le sang expiatoire de la vinasse, le premier danseur de corde venu, armé de mots creux et ronflants, se faisait le berger de tous les troupeaux bénévoles. Il prétendait au commandement des armées, à la tenue du Grand Livre, à la direction des affaires extérieures, à l'évoluton intellectuelle des foules, à l'avenir des races diverses et profondes des colonies lointaines. L'offre d'un verre poisseux lui donnait la satisfaction de voir se prosterner devant lui les masses, et il appelait peuple souverain, les barbes où perle la goutte de vin et les moustaches essuyées d'un revers de doigt.

La guerre qui vint, jeta ce monde vers tous les sacrifices, et l'homme fit don de lui-même à la Fatalité aveugle. Et il en appela au vin pour oublier ses souffrances infinies. Le bidon fut l'organe essentiel du combattant, et la plus fastueuse histoire fut possible, grâce à lui. Il n'y a pas, dans la marche aveugle de l'humanité, plus grandes conséquences s'enchaînant à une si petite cause. C'est ainsi que se transmua la passion du boire en dévouements sublimes, en abnégation, qui étonneront demain les générations curieuses des mœurs de cette époque. Le tonneau où bat le cœur de l'armée moderne, fut une sorte de bouddah au ventre généreux.

Des poètes dont l'héroïsme quotidien s'entretient sur les bénéfices de la guerre féconde, chantèrent le vin. Cependant jamais, les inlassables stratèges, qui commentent chaque jour dans les feuilles à tout dire les événements militaires et qui, par une grâce que nous apprécions, n'ont jamais eu à commander aux armées, ne vantèrent à leur juste valeur les victoires indéniables du général Pinard.

Le tonneau sacré fait partie du matériel de guerre. Il en est le plus précieux outil, puisqu'il commande au moral. Dans ce ventre ceinturonné de fer, il y a de l'illusion, de la chaleur, un rappel à la vie, un arrière-goût de ces jus que distille dans la perle du raisin la terre de France, et quelque peu d'eau. Ce tonneau possède en lui toute la majesté du Boire. Dans un quart de vin, il y a une somme infinie de jouissances et d'espoirs. C'est pourquoi ce siècle concède à l'homme qui a vécu sous le feu et dormi dans la boue la volupté du pinard. C'est peu, et c'est énorme, car la gaieté et la bonne humeur furent ainsi sauvegardées en un siècle qui semblait être voué à toutes les douleurs.

Dans les Ruines

Ces villes ne sont plus et, miroir du passé,
Sur leurs débris éteints s'étend un lac glacé
Qui fume comme une fournaise.
Victor Hugo.

J'habite un village écrasé, retourné, écorché, quelque chose de morne et de blafard. Une cave me sert de tanière, et autour de moi c'est un chaos indescriptible, un tumultueux amas de briques, un éboulis de plâtres. Des murs déchiquetés, crevés, dentelés par l'obus se dressent encore, avec des pierres en équilibre. On dirait qu'un ouvrier démoniaque travailla ces décombres. Quelque chose d'énorme a passé par là. Les toits d'ardoises ont glissé jusqu'à terre. Des trous partout, des poutres pilées, des meubles brisés, et sur la place un arbre effeuillé, criblé, balafré reste seul.

La charrue de la mort a labouré le village. L'usine n'est plus qu'un amoncellement de ferraille rouillée comme le squelette d'un gigantesque animal. Sur un pan de mur, il reste encore un panneau réclame. Au fronton d'une façade férocement tailladée, il y a encore un lambeau d'enseigne «...ICERIE ». De loin, ces maisons ouvrant l'orbite noir de leurs fenêtres dans les décombres blancs ressemblent à un amoncellement de crânes brisés. Une main infernale fignola ces ruines. Au-dessus d'un amas de briques, le toit d'une maison pelé de ses tuiles ressemble aux vertèbres d'un géant. Le clocher a été décapité par un obus et l'église baille de sa grande porte défoncée qui laisse voir sa mâchoire de colonnes et son palais multicolore de vitraux déchirés.

A l'horizon les incendies mettent au ciel des draperies rouges...

La Prière sur le pauvre Bougre

Tu dors, mon pauvre vieux, tu dors, sous cette croix qu'épingla sur la plaine la Mort rôdeuse, cette croix dont les deux bras levés semblent battre la mesure à la bataille de là-bas ! Tu dors sous un tertre gazonné dont le vent émeut les brins d'herbe ! Tu dors près de la route où passe toute l'indifférence humaine ! Tu n'as pas de nom ! La Terre te dévore, et, monstrueux chimiste, élabore dans son sein des vies nouvelles qui fleuriront de ton pauvre corps lacéré. Tu es l'inconnu. Tu n'auras pas la gloire des grands conquérants. L'Histoire, cette vieille bavarde, ne parlera pas de toi. On a taillé dans cette plaine vaste, un petit coin de terre à ta mesure. Ce n'est pas grand un homme ! Une toute petite place suffit aux morts ; une fosse commune, un berceau, une fosse de cinq pieds, profonde comme la nuit. Et puisque tu n'es presque rien, on a planté sur toi une croix, symbole de l'infini. Pauvre bougre, tu es l'ouvrier anonyme ignorant la grandeur de ton geste humble. Tu es tombé un soir de bataille là où on t'a couché, et tu n'as pas offert ta souffrance à l'admiration des badauds. Tu n'as pas posé au héros pour rendre ton dernier soupir. Tu es mort tout simplement, au bord de cette route, avec la magnifique inconscience de celui qui s'endort la journée finie. Les foules ne viendront pas, religieuses, pèleriner jusqu'au tertre sous lequel tu reposes. Dors tranquille, mon vieux, dans le recueillement de la nature qui semble, muette et belle, ignorer la splendeur de la vie, dors tranquille parmi les plantes qui ne connaissent pas la raison de la fleur, sous la ronde fantastique et brutale des étoiles, ces étincelles du gouffre. Dors tranquille, pauvre bougre, sans pencher ton âme sur l'abîme insondable, sans demander pourquoi aux hommes !

Les Masques

Les masques passent dans la nuit blafarde. Un à un, ils vont comme des bêtes monstreuses dans ce décor d'enfer, avec une lassitude qui donne à leur marche la pompe théâtrale d'un défilé du soir de sabbat. Ils sont silencieux comme des fantômes. Ils semblent sortir de l'ombre, ils semblent y retourner. Ces groins ont deux yeux ronds, énormes, effarés. Derrière ces yeux, il y a peut-être des âmes. Mais ce sont des masques qui passent, des masques ne riant jamais, des masques de cauchemar. Ils avancent, ils trébuchent, ils se courbent, ils se relèvent ; on dirait une danse infernale et lente dans le carnaval de la férocité humaine. Vont-ils célébrer sur quelque autel la fête des Morts? Vont-ils comme une guirlande de démons, sous le rire atroce de l'obus mener une sarabande funèbre aux pentes du ravin? Vers quel dieu monstrueux marchent ces prêtres qui processionnent? Cette frise de faces encagoulées servira-t-elle au Temple de la Science, de cette science dont toute l'activité avorta de ces douleurs? Car la déesse folle et grisée n'a trouvé la Vérité ni dans ses cornues, ni au bout de ses télescopes. Elle a cru qu'elle était toutes les vérités et elle a voulu, pour son apothéose, la musique du canon, la gerbe de feu de l'obus et la mascarade de ces êtres qu'un lourd mystère écrase. Les masques passent. Peu à peu l'ombre les reprend, les recouvre, les dérobe.

La Messe

L'autel de l'église est resté intact dans l'écroulement de la voûte parmi l'entassement des pierres que les pluies ont lavées. Au-dessus le ciel bleu où traîne la blancheur d'un nuage et que les murs déchiquetèrent.

Un camarade va dire la messe. Il s'avance à petits pas, portant le calice, enjambe une énorme pierre qui est tombée là et s'adressant au groupe qui entoure l'harmonium, un modeste harmonium boueux, blanchi de platras, ravagé par l'eau :

— Les copains, vous chanterez O Salutaris...

Et la messe commence. La voix du prêtre s'élève dans le grand silence. On entend le canon lointain qui scande l'heure, avec sa voix monotone où on distingue parfois des écroulements sonores. Le printemps tiède et tendre promène une brise chargée de la senteur des bois proches. Les hirondelles qui ont niché sous l'arceau du chœur bavardent et disent à leur petits des choses étranges. Des moineaux sautillent sur un pan de mur. Un avion ronronne dans le ciel où les obus mettent la touche blanche de leurs flocons de fumée. Et l'harmonium grogne, gronde, s'apaise, s'enthousiasme, mêle les notes, enfle sa voix, pleure, sanglote.

— Orémus...

Le prêtre a levé les bras. Faut-il prier dans ce printemps qui est la revanche de la nature, parmi ces ruines entassées où la haine n'a laissé que l'immense symbole de l'autel? Faut-il prier quand la formidable chanson du canon monte à l'horizon, dans ce temple mort, aux murs convulsés? Faut-il prier quand le souvenir d'hier se mêle à la crainte de demain, lorsqu'on a la sensation de n'être plus que les damnés d'un impitoyable enfer, que les pantins de forces obscures et mystérieuses? A quoi bon dans le grand doute qui pèse sur toutes les douleurs !

— Dominus vobiscum...

Et je regarde ceux qui m'entourent. Il y a là des gars de tous les coins de la France, de tous les âges et de toutes les conditions. Ces gueux, de bleu vêtus, sont des ouvriers, des paysans, des commis. Ce sont des fiers, des courageux, des lâches, des brutes, des bons, des doux. C'est tout l'homme dans sa riche diversité, dans sa magnifique floraison de passions et de beautés. Ces êtres ont souffert. Ils ont eu des révoltes sourdes, ils ont pleuré, ils ont tremblé, ils ont eu des gestes d'un splendide renoncement. Ils ont eu des lâchetés viles. Pourquoi vont-ils dans cette église défoncée, parmi les pierres sacrées du temple du Christ, que la colère des hommes a écrasée, symbole de l'œuvre du doux charpentier galiléen déchirée par l'entrégorgement des peuples de race blanche? Pourquoi sont-ils là? Par peur? Par crainte de l'avenir? Sont-ils conduits par une vague superstition? Les vieilles prières de leur enfance montent-elles encore à leurs lèvres? Ou bien n'assistai-je par là à un de ces formidables problèmes psychologiques qui expliquent le passé et éclairent l'avenir?

Ces hommes aux heures où toute leur nature est rejetée aux primitifs instincts ne retrouvent-ils pas parmi ces instincts le sentiment de la divinité?

— Orate fratres...

Je songe que dans l'énorme écroulement de pierres et de chimères, dans cette humanité convulsée sous le vent du cataclysme, il ne peut plus y avoir le sourire cynique du philosophe pour subir un tel siècle. Au fond du cœur de l'homme un idéal vit encore, un idéal religieux pour ceux-ci, un idéal social pour ceux-là, mais un idéal tout de même. Et en ouvrant les pages du grand calvaire humain on retrouve encore ce papillon aux ailes frissonnantes.

— Ite missa est...

C'est le signal du départ. On grimpe sur les ruines. Des rires fusent parce que c'est le printemps. Des groupes se forment. Le prêtre enlève ses vêtements sacerdotaux qui couvrent son uniforme de soldat, tandis que les derniers grognements de l'harmonium s'apaisent dans les ruines, puis il s'en va, allumant sa pipe, songeant que peut-être le seul sanctuaire indestructible est au cœur des hommes, et il quitte, souriant dans sa barbe, le temple écroulé.

Le Moulin à Vent

Du village, il ne restait que des pans de murs, et les maisons éventrées étaient pleines d'une nuit mystérieuse. Un morne silence, parfois déchiré par la plainte d'un obus, planait sur ces fantomatiques ruines. Sur la place où je m'étais arrêté, la lune jouait d'un rayon avec l'enseigne d'une auberge, et l'ombre du clocher s'allongeait déchiquetée, avec de grands trous de lumière au milieu.

Mes yeux s'étaient portés sur une masure éborgnée par un obus, au toit de laquelle, je ne sais par quel miracle, un petit moulin à vent donnait l'impression de la vie, dans ce paysage d'enfer. Et je restai songeur en regardant le moulin à vent. Une roue à ailettes donnait un mouvement de va-et-vient au torse articulé d'un petit bonhomme grossièrement découpé sur une planchette. Le vent passait mêlant dans sa vague les grondements lointains de l'énorme bataille, et le bonhomme peinturluré s'agitait, s'agitait, semblant faire des efforts inouïs pour tourner la roue à ailettes de ses petits bras cramponnés à la minuscule manivelle.

Je pensai que c'était bien là le spectacle de la vie : l'homme se débattant dans les événements qui le dépassent, croyant diriger de sa volonté la nécessité qui l'entraîne, comme le petit bonhomme de bois, grinçant sur ses articulations, éternel ouvrier attaché à cette roue qu'il croit faire tourner et que le souffle des larges plaines rend murmurante sur le toit d'une chaumière pleine d'ombre.

Les Sans Logis

Eh quoi ! Les mortels osent accuser les dieux ! C'est nous, disent-ils, qui leur envoyons les calamités dont ils gémissent, tandis qu'ils se les attirent eux-mêmes par leur aveugle folie. (Homère.)

Pour qui a payé le droit de ne pas admirer les spectacles du cataclysme social, créé par la désharmonie de la volonté humaine et des lois universelles, la vision des sans-logis reste la honte attachée à l'égoïsme humain. C'est la condamnation de notre siècle qui est avant tout l'âge des ventres, des griffes, des gueules, c'est la condamnation de tous les conquérants, ceux du Nord et ceux du Midi, ceux que l'Histoire a installés dans son Walhalla de meurtriers et de voleurs, ceux qui dans la jungle de l'Europe ne sont dirigés que par la ruse et l'ambition.

On leur a dit : « Vous avez une heure pour évacuer le village ! » Alors ils ont fait un paquet de hardes, ils ont pris ce qu'ils avaient de plus précieux et ils sont partis, troupeaux humains à qui la destinée a réservé, avant la suprême humiliation de la mort, l'humiliation de la fuite ! C'est toute la douleur qui s'écoule, c'est toute la grande misère qui ruisselle le long des routes ! Ces errants sont des larmes. Souffrir c'est se donner, et ils ont tout donné ceux qui vont vers l'inconnu, foyer, bonheur paisible, joie de vivre par le travail, petite maison calme, oui, ils ont tout donné.

Et combien en avons-nous vus de ces cortèges lamentables dans l'ensoleillement de l'été de l'an quatorze, lourdes charrettes de paysans, groupes d'hommes et de femmes chargés de paquets, voitures d'enfants où de toutes petites têtes rient et s'étonnent à tant de bruit, vaches courant dans un tourbillon de poussière, et parmi le tumulte d'une fuite, des cris, des appels, des jurons que le vent qui fait frissonner les blés jaunes roule et mêle. Joignez à cela le passage des fourragères, le ronflement des autos, la course éperdue d'une pièce d'artillerie qui va prendre position au galop de ses chevaux couverts de sueur, le lent défilé des unités en retraite sur le bord de la route, en file indienne, et là-bas, tout là-bas, la sourde musique du canon qui vient par bouffées, comme si tout ce qu'on a devant soi n'était que les coulisses d'une scène où se déroule un drame immense et tragique. Et toute l'humanité fuit devant ce cataclysme qui prend l'effroyable majesté des révolutions cosmiques.

Ah ! ces regards de bêtes apeurées ! Ah ! ces yeux de vieilles, suppliants, ces petites jambes d'enfants, lasses de la route qui ne finit jamais ! Ah ! ces gestes de colère, de pitié, ces gestes d'amour fraternel au milieu de cette misère qui comme un fleuve traine ces foules effrayées. Le vieillard appuyé sur un bâton donne le bras à une petite créature ratatinée sous une coiffe ! Et quelle coiffe ! Tremblante, courbée, résignée dans une douleur muette qu'on devine immense et inconsolable. La mère ayant son enfant dans ses bras qui demande un peu d'eau, « ah ! elle n'en prendra pas beaucoup, allez, c'est pour le petit ». On fait un geste de désespoir, on se retourne pour ne pas pleurer, crier, hurler, et c'est pour voir cette paysanne qui passe l'œil égaré, le front têtu, la poitrine soulevée par les sanglots.

Et après cette charrette c'est une autre charrette, de ces véhicules bizarres qui servent aux champs pour transporter les foins, chargés de meubles, de linge, de mille choses intimes, tout un foyer en dérive qui s'en va, depuis la cage à canaris jusqu'au seau hygiénique pendu à un pied de chaise.

On traverse des villages aux maisons dont la porte ouverte laisse entrevoir une vie calme et laborieuse subitement troublée, la table encore servie, le lit défait, les tiroirs des meubles ouverts, tout ce désordre qui prouve un drame subit, une alerte soudaine. Dans la lumière étourdissante de l'été, c'est la fuite au travers des bois parfumés, la fuite sur la route blanche, les hasards de la nuit à la belle étoile, la grange sur la paille de laquelle on tombe harassé dans la promiscuité du soldat, des étrangers, des inconnus, en attendant le petit jour où on repartira droit devant soi, dans un cauchemar.

Le fleuve de la misère grossit toujours. Chaque village est un affluent qui lui apporte ses victimes et ses malheureux. Des drames douloureux se jouent au seuil des portes : la femme qui crie au chien fidèle : Va-t'-en ! la petite qui veut emporter sa poupée et qui la serre avec un geste maternel, le vieux qui secoue la tête « Non, non, je ne m'en irai pas, moi ! » et le paysan qui dit : « C'est t-y pas malheureux. Je laissons ben quinze arpents de blés mûrs ! » Et sur les clochers les pigeons roucoulent, effarés de tant de bruit.

Ceux qui fuient, on les reverra plus tard dans le mouvement des villes énormes, écrasés par la vie qui va victorieuse, on les reverra passer avec ce pli sinistre au front, cette ride ineffaçable de la douleur. On les reconnaît bien, les sans-logis, sans avoir besoin de savoir qu'ils couchent dans ces meublés aux lits sordides, ni qu'ils mangent de deux sous de pain et d'un peu de fromage dans ces bouges interlopes où se réunissent la misère et le crime. Les villes brassent ces foules réfugiées comme d'immenses usines haletantes, bouillonnantes ; faisant miroiter à leurs yeux, tout le clinquant de la vie moderne, la perversion d'un monde qui meurt parmi le spectacle répugnant des ventres qui s'arrondissent et des fortunes qui se créent.

Devant le cortège des Sans-Logis, je me demande si les misérables qui, d'un cœur léger, prétendaient que la guerre est d'essence divine, si les diplomates, ces filles à soldats, si les potentats de l'argent, si les politiciens illustres qui furent les morticoles de l'Europe, ont jamais songé que peut-être les foules fuiraient un jour, de par leur faute, comme aux heures sombres du Moyen-Age. S'ils ont pu croire cela possible, s'ils ont pu froidement imaginer un pareil spectacle, je regrette les heureuses époques qui produisaient des monstres n'ayant que la taille d'un Tamerlan ou d'un Attila.

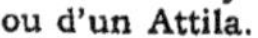

Le Toubib

Le toubib est le grand prêtre de ce Temple du blanc qu'est l'hôpital, car ici tout est blanc, les murs, les lits, les meubles, les fidèles eux-mêmes. On devrait graver sur le fronton de ce temple cette sentence : « Souffre si tu ne veux plus souffrir », afin de consacrer la nécessité sociale du toubib dans la symphonie en blanc qui l'entoure. L'hôpital est le soupirail de l'Enfer, ayant ses servants, ses rites, ses chapelles, sa religion en un mot. Chaque chapelle a son culte particulier et ses sacrifices distincts. Ici on honore le dieu du nez et des oreilles, là le dieu des membres, plus loin on ouvre des ventres pour la réjouissance de je ne sais quelle farouche divinité, culte sévère, très froid, n'admettant ni les idoles, ni les images, ni les bannières, ni les ornements.

Le toubib est donc le grand prêtre de ce temple. Sa parole est toute puissante et devant lui s'inclinent respectueusement des servants en tabliers blancs et des dames jeunes et souvent jolies dont les voiles cherchent en vain une austérité impossible. Cet homme est le maître du mal.

Quand les pitoyables acteurs de la colossale, et terrible tragédie arrivent à l'hôpital, sorte de coulisse de l'effroyable théâtre, ils appartiennent au toubib. Eux qui savent offrir leurs corps à toutes les misères s'abandonnent avec joie aux rites du temple, qui, pour quelques-uns est celui de la souffrance qui soulage, pour d'autres de la souffrance tout court. Mais c'est pour Poilu un bonheur que d'être à l'hôpital. Il est là, sur son lit, choyé, soigné, il reprend goût à vivre, il forge des espoirs nouveaux ; demain n'est plus un mot qui l'affole. C'est pourquoi le toutib est toujours un homme gai. Disons, pour paraître plus juste aux yeux des historiens de l'avenir, qu'il a une façon à lui d'être gai. Il y a dans le temple une soif ardente d'être, d'exister, d'aimer, et naturellement le grand prêtre est lui aussi, entraîné dans ce tourbillon d'insouciance qui fait rire dans le contentement de vivre.

C'est ainsi que le toubib se penche sur la chair douloureuse, coupe, tranche, coud, répare, rogne. On le voit toujours les manches de sa chemise relevées, un appareil tranchant et bizarre dans la main. Il paraît indifférent parce qu'il a vu toutes les horreurs.

Mais le toubib n'habite pas que l'hôpital. Il a dans les secteurs un antre souterrain où danse une odeur d'iode et de chlore. Le poste de secours est d'habitude une sape profonde et vaste où on consulte à la lueur des bougies. Le toubib y règne sur une cour d'esclaves empressés, suppléant à la science par des phrases définitives.

Il porte un sourire ironique dans sa barbe de fleuve et ses yeux, derrière ses lunettes, sont pleins de l'étonnement où le plonge cette société qui casse ses pantins pour les lui donner à réparer. Désabusé, il base ses diagnostics sur la hauteur du mercure de son thermomètre et joue des deux panacées universelles que sont la purge et la teinture d'iode.

Sachant que tout guerrier n'a qu'une chance sur dix de trépasser, grâce aux armes perfectionnées qui sont les plus décisifs résultats d'un siècle scientifique, il suppose que ce guerrier, entre ses mains, serait plus mal partagé encore. C'est pourquoi, de la voix et du geste, il lui ordonne la guerre comme remède infaillible à tous les maux. Et le plus fort c'est que souvent il a raison.

Les Nécrophores

Jadis, lorsque le chevalier tombait sur le champ de bataille, l'épée aux dents, la lance au poing, formidable dans son armure, on l'emportait en quelque bourg fameux et, avant que d'être descendu au tombeau, les guerriers venaient saluer sa dépouille mortelle. Sous la chemise de fer, sous le heaume d'acier, sous le casque à gueule grimaçante, on venait donner le dernier adieu entre une double haie de pertuisaniers et de hérauts d'armes, tandis que les pénitents, torches en mains, chantaient sinistrement. Et les trompettes, du haut des tours, annonçaient aux quatre coins de la campagne, parmi l'effarouchement des hirondelles, par des sonneries retentissantes, qu'un chevalier, ayant taillé à coups d'épée, dans le grand manteau des siècles, un peu d'histoire, était endormi à jamais sous une lourde dalle de pierre.

Mais, pour le titan moderne, qui a connu avec l'épouvante que la science apporta à la guerre implacable, la souffrance du corps et l'angoisse de l'âme, donner sa vie est chose facile. Généreux de son sang et de son bonheur, il se couche sur l'infâme table où la mort sème les cadavres, comme des virgules mises à ce poème qu'est l'Histoire. Il meurt simplement, et ses funérailles n'ont point la pompe majestueuse des héros de jadis.

Dans les champs rongés par l'invasion des hordes, où l'herbe même ne pousse plus, où on voit des ébauches de trous, des tranchées crevassées, des cagnas lamentables abandonnées avec un peu de paille sordide dans le fond, quelques bouquets d'arbres grêles qui servirent à cacher des chevaux sous leurs feuilles poussiéreuses, au bord d'une route où passe la vie dans l'infernal bourdonnement des moteurs, s'étend parfois un cimetière. Tragique vision d'un bataillon de croix, dressant au ciel des bras désespérés.

Et les tertres s'allongent auprès des tertres,

et l'œil erre éperdu sur ce grenier de gloire et de sacrifice qu'est un cimetière, parade à la mort sous le soleil clair ou dans la nuit lourde.

C'est la dernière tranchée qu'on prend, celle où le sommeil est doux et sûr, c'est la tranchée de l'oubli, du repos, du mystère.

Dans le petit jour, sous le voile de la brume sale ou de la pluie fine qui tombe, on voit s'avancer le cortège des nécrophores. Ils vont, tête baissée, calmes et indifférents à leur ministère sacré, prêtres inconscients, ayant moustache grise, du même pas, lentement, avec la noblesse d'une marche lasse, d'une attitude harassée. Il y a quelque chose de sinistre en eux, comme si toute l'humanité, symbolisée par ces deux hommes avec leur précieux fardeau, qui fut souffrance, chair palpitante et lacérée, portait à la terre son grand espoir. Les nécrophores portent la jeunesse du monde, à la terre, gouffre de tout cet idéal dont elle va faire l'écrin, à la terre qui ouvre déjà la gueule noire de la fosse.

Un autre territorial attend les nécrophores. C'est le fossoyeur celui-là. Il fait des trous pour semer les hommes comme le paysan laboure son champ pour semer le blé. C'est le même geste fatal, simple, indifférent. Et l'homme de la terre regarde venir les hommes de la mort. Le groupe s'avance titubant dans la brume, comme si, des profondeurs, ces pantins étaient sortis portant un homme ivre.

Le fossoyeur ne s'émeut pas. Il a l'habitude et aussi il a puisé dans le spectacle de la ration quotidienne de cadavres, une philosophie calme. Il voit le monde comme à travers un voile que le sage tisse d'une fumée de pipe ou d'un peu de rêve. Il n'aperçoit dans l'homme vivant ou mort qu'une chose simple et fragile très quelconque, une cellule d'un grand corps dont la destruction ne compromet même pas l'espèce.

On entend des voix et des voix humaines dans ce grand silence, semblent un sacrilège qui s'accomplit... On descend le corps... Les trois hommes sont penchés sur la fosse... Un berceau cette fosse, et sur ce berceau qui est horrible, qui est lugubre, ce n'est pas le sourire de la mère qui se penche sur un nouveau-né, c'est la grimace de ces vieilles figures ratatinées de ces trois moustaches grises... Un juron s'élève : Milladious !... Le fossoyeur prend sa pelle, crache dans ses mains, ses compagnons l'imitent. On perçoit le bruit sourd de la terre qui tombe dans le fond... Des paroles s'échangent... L'un essuie la sueur de son front d'un revers de main... La tombe est remplie de terre. On plante une croix noire... Et les nécrophores s'en vont, lentement, dos voûtés, dans le matin sale, tandis que le fossoyeur reprend sa pioche et, la pipe plantée dans une barbe inculte, entr'ouvre une nouvelle fosse. Cet homme est heureux : Il a un « filon ! »

Cauchemars

Dans un boyau on a fait un barrage de cadavres en un fraternel entassement. La sentinelle a soulevé un peu la jambe du dernier mort et de ce créneau improvisé, elle surveille l'ennemi. A une baïonnette piquée dans la paroi de la tranchée un bouteillon est suspendu. Une main livide pend de cette muraille de charogne. Un œil terne rongé de vers regarde quelque part. La sentinelle a un rictus sauvage. L'ombre vient, la nuit descend.

***

Un faubourien de Paris s'est commodément installé dans un trou d'obus. Mais ce trou est déjà habité par un cadavre allemand, long, long, fort gênant en vérité. Le poilu couché à plat ventre, jette un coup d'œil prudent vers l'ennemi, le fusil à portée de sa main. Puis il sort de sa musette une demi boule de pain qu'il pose sur le dos du grand cadavre et, calme il ouvre une boîte de conserves. « Cassons la croûte, dit-il, philosophiquement.

***

Pendant une progression de trous d'obus en trous d'obus, deux hommes qui rampent aperçoivent une capote bleue épaulant son arme sur la lèvre d'en entonnoir.

« Par ici, dit l'un d'eux ! Y a un copain ! » Ils avancent. Ils vont glisser dans le trou... Soudain, un essaim de mouches vertes, s'élève et à l'odeur les deux hommes ont compris... Qu'importe ! Ils se réfugient près de ce corps en putréfaction, ils se serrent contre lui sous le crépitement sec de la mitrailleuse.

***

Soir de montée en ligne. Les hommes se suivent un à un dans le boyau boueux, dont la paroi est creusée de niches individuelles, d'alvéoles protégées de la pluie par une toile de tente fixée par deux cartouches. La compagnie monte péniblement, avec ce piétinement dans la boue qui est tout un martyre. Dans ces niches, des poilus semblent dormir. Des jambes dépassent, des corps encombrent le boyau ! « Hé là ! dit quelqu'un, tu peux pas laisser passer ? » Il n'y a pas de réponse. Les gaz ont fait leur œuvre. Ce sont des morts qui dorment leur dernier sommeil.

***

Dans la tranchée baignée d'ombre, la sentinelle écoute... On a laissé pendant l'attaque, des camarades blessés sur le terrain où nul n'ose s'aventurer pour le moment. Et des champs mornes écrasés sous le ciel noir, montent des cris désespérés. Soudain on entend un grand éclat de rire et une voix chante, chante... C'est un agonisant que la douleur a rendu fou et qui divague, jusqu'au matin où la mort le prend avec un dernier couplet sur les lèvres

***

Au cours d'une relève, la file des hommes dévale de la côte vers le ravin, et on s'étonne, on s'épouvante. Une lumière douce monte de la terre, une lumière sans source visible qui paraît fantastique dans cet enfer. On approche, on veut se rendre compte du phénomène, et on heurte du pied on ne sait quel chaos de bois enchevétrés. A la faible lueur qui se dégage de la boue infernale qu'on foule, on aperçoit des ossements. Ce sont les restes des squelettes que le canon enterre et déterre, les squelettes que laissèrent dans le ravin de la mort, les précédentes relèves. Et la lueur c'est le phosphore...

***

Le caporal avait dit : « Va chercher du bois pour faire du feu, dans la sape ! » Et le gars était parti... Il était bien sûr de trouver du bois, de vieux piquets, des débris de planches, des rondins... Il ne chercha pas longtemps sur cette terre retournée où la lutte avait jadis été si dure et si âpre. Il trouva des branches couvertes de boue et il en fit vivement un fagot. Mais à la lueur de la bougie qui éclairait la sape, il reconnut avec horreur que c'était un fagot d'ossements qu'il avait rapporté !

***

En Artois, dans ces boyaux que les obus retournaient chaque jour, un petit Breton pendant la relève tombe, disparaît dans la boue, reparaît encore, se débat, entraîne dans le gouffre un camarade qui s'est porté à son secours. Et nous regardons terrifiés cet enlisement de deux hommes qui meurent sous ce linceul de terre et d'eau, qui tendent une main qu'on ne peut saisir au-dessus de cette boue qui se referme lentement sur eux, implacable matière victorieuse. Et plusieurs jours après, en repassant par là nous avons revu le bras levé que la mort immobilisa en un geste crispé de supplication ou de menace contre le ciel.

Rédemption !

Le barrage roulant met son mur de fer au-devant des assaillants. Une première chaîne de tirailleurs sortis on ne sait d'où, anime la plaine de son long chapelet de capotes bleues. Les hommes marchent d'un pas calme le fusil à la main, la musette de grenades battant leurs flancs. Quelques-uns baissent instinctivement la tête sous le souffle puissant des obus qui passent. Et c'est autour d'eux, devant, derrière, des gerbes de terre, des phosphorescences sulfureuses, sitôt éteintes, de larges langues de feu, les taches de pastel noir que fait la fumée sur le vert de la prairie. C'est parmi le ronflement d'une énorme machine des mots qui s'échappent :

— Serrez pas ! nom de Dieu ! — Gardez vos distances ! ... des cris de blessés qui tombent, des appels. « Pas si vite ! Ralentissez !... » La chaîne de tirailleurs poursuit. A cent mètres devant cette ligne d'humanité qui pense, qui saigne, qui a peur d'une peur prenant aux entrailles, mais qui marche, il y a la ligne de feu, l'implacable ligne où les obus mettent leurs fleurs de fumée blanche et qui marche, aussi mathématiquement.

Une deuxième ligne de tirailleurs suit, flottante, cahotée. Les mitrailleuses ennemies battent le terrain. C'est un « tac-tac-tac » vif, sec, net. Leur rythme rapide s'entremêle et le lointain s'emplit de mystérieux dangers. On ne voit rien que la campagne morne, effrayante, dans le fracas des obus et le pétillement des mitrailleuses. Quelques hommes rampent, se défilent de couvert à couvert, en petits bonds rapides. Et il y en a qui marchent impassibles.

L'homme est là réellement le Maître du Destin. Il est son propre maître, puisqu'il s'offre à la mort, cette reine de l'épouvante. Il brave l'indomptable. Et tandis que les mitrailleuses balaient les champs, je songe à cet holocauste de l'Humanité dans l'épouvantable splendeur de cette fête du carnage. C'est le même homme, lâche et résigné, triste et servile, calme et terrifié, courbé sous le joug de l'accoutumance, empoisonné par la gloire qui dit que mourir est facile, craintif de toute une disicipline féroce, mais beau quand même de tout le don qu'il fait de lui-même. Cet abruti, qui a des mots d'enfants, ce pontife de la suprême religion du Pinard, cet épicurien de bas étage aux instincts sommaires, se révèle soudain à moi dans toute sa grandeur de martyr qui va ignorant la mission qu'il remplit.

Et je vois distinctement le mystère de ce germe précipité par la main de l'Inconcevable dans le chaos de la Fatalité pour l'enchaîner à sa volonté toute puissante. Il me semble déchiffrer peu à peu, dans le drame qui m'entoure, les lois mystérieuses de ce ternaire qui régit l'Univers, et je vois dans l'attitude de ces poitrines s'avançant, quand même, vers la mort qui caquète de toutes les voix de ses mitrailleuses, le rachat de l'homme par l'homme.

Puis je m'arrête, je rampe à plat ventre dans les betteraves dont le bout des feuilles cueillies par les balles volète, je gagne l'abri d'un talus de route et je regarde en arrière. La deuxième vague traverse le barrage. Les tirailleurs ont des bondissements de tigres, de souples aplatissements. Ils paraissent, ils disparaissent. Et, soudain, il me semble que toute cette guerre a trouvé son symbole dans ce que je vois. Un jeune gars, vigoureux, s'arrête net, frappé en plein cœur. Il tourne sur lui-même, son fusil s'échappe de sa main, sa tête se renverse, ses jambes chancellent. J'entends son cri, qui est un râle. Ses bras s'ouvrent largement sur cette plaine qui me paraît maintenant immense, en un geste de renoncement ou de lassitude qui montre la terre plus que le ciel, et je vois cet homme crucifié sur le soleil levant, cet homme-Christ faisant pendant sur ce calvaire de betteraves et de navets, dans cette Passion infinie, au Christ-homme du Golgotha...

Table des Matières

IMPRIMÉ SUR LES PRESSES
DE L. BELLENAND IMPRIMEUR
A FONTENAY AUX-ROSES
POUR ÉTIENNE CHIRON
ÉDITEUR A PARIS
ACHEVÉ D'IMPRIMER
LE TRENTE OCTOBRE
MIL NEUF CENT VINGT ET UN

www.ingramcontent.com/pod-product-compliance
Ingram Content Group UK Ltd.
Pitfield, Milton Keynes, MK11 3LW, UK
UKHW020946180726
13838UKWH00003B/1155